プロポーズは花束を持って

～きみだけのフラワーベース～

Sakumi Yumeno
夢乃咲実

CHARADE BUNKO

Illustration

みずかねりょう

CONTENTS

花たちは、今日も元気だ。

佐那《さな》は、オーナーが早朝に仕入れてきた花たちに「おはよう」と挨拶しながら、レトロなブリキのバケツに入れ、全体のかたちを整える。

それから、仕入れから数日経《た》った花の中からまだ元気のあるものを選び出し、特売用のブーケにするために、組み合わせを考える。

佐那にとって、これが一日の中で一番幸せな仕事だ。

都心の喧噪《けんそう》の中で、時代に取り残されたように存在する小さな商店街にある、この小さな生花店でアルバイトをはじめてまだ半年ほどだが、今では女性オーナーに、仕入れと経理以外の部分はかなり任されている。

もともと花は好きだった。

家の庭で幼い頃から飽きず花を眺めていたし、小学校で園芸部に入った時には、本当に活動が楽しかった。

生花店の仕事は意外に力仕事だし手も荒れるが、それでも一日中花と触れ合い、ブーケやアレンジメントを作ることは、好きだし向いている仕事だ、と思う。

そう――実家の仕事に関わるよりもはるかに。

一瞬そんなことを頭に浮かべてしまい、佐那は慌ててその考えを頭から振り払った。

もう、自分は実家とは関係がない。

ただの、アルバイトで進学費用を貯《た》めている、十九歳の若者だ。

年の割に小柄で線は細いし、顔立ちも男らしいという言葉には縁遠く、長い睫毛《まつげ》にふちどられた大きな目が目立つ優しい顔立ちはひ弱な印象を与えることもあるが、自分ではしっかりと地に足をつけて立っているつもりだ。

佐那はいくつかのブーケを作ってバケツに入れ、特売の値札をつけて店頭に出した。

その時、店の前の道を、早足で一人の男が歩いていった。

グレーのスーツを着た男だ。

ここは都心の、山手線の内側ではあるが下町の風情を残した、大通りから一本入ったところにある目立たない商店街だ。古くから住んでいる人々とは別に、車の少ない抜け道としてビジネスマンなども通る。

そういう、商店街の店には用事のない誰かなのだろうと、なんとなく横目でその男の後ろ姿を見ていると……

店の前を数歩通り過ぎたところで、突然男はぴたりと立ち止まり、振り向いた。

佐那と目が合う。

一瞬佐那は、自分を知っている誰かなのかとぎくりとしたが、

「花！　花屋！」

男は何か思い出したようにそう言いながら、店の前に戻ってきた。

勢いよく歩いてきて、止まる。

「ここは花屋だな？」

まるで、こんなところに生花店があるはずがないとでもいうような驚きを顔に浮かべながら、男は尋ねた。

見ると、スーツは上質な生地で身体《からだ》にぴったりと合っている、オーダーメイドと思えるようなものだし、ネクタイの趣味もよく、顔立ちは男らしく端整だ。

年は三十前後だろうか、少し面長の直線的な輪郭で、鼻筋が通り、そして濃いめの眉と引き締まった口もとが意志の強そうな男らしい印象を強めているが……

それを、瞳が裏切っている。

切れ長の一重の目にはクールないろが似合いそうなのに、どこか慌てたふうな驚きを浮かべていると、親しみやすい不器用さが透けて見えるように感じる。

そんなことを一瞬脳裏に浮かべながら、佐那は慌てて頷《うなず》いた。

「は……はい、見ての通りですけど」

「花がいるんだ、忘れていた、知り合いの開店祝いだ。今頼んで、今日中に、なるべく急いで……できれば午前中に配達をしてもらえるか？」

「え、あ、はい、あの」

佐那は男の言葉を、なんとか理解した。

急ぎの注文。

お店の、開店祝い。

今日中の配達。

男は焦るように、ちらりと腕時計を見る。

「あの……二十三区内でしたら配達は可能ですが……お花は、アレンジメントでしょうか、花束でしょうか。ご予算は」

佐那が尋ねると、男は眉を寄せた。

「……それはどう違うんだ」

普段、自分で花を買うようなことはない人なのだ、と佐那は理解した。

理解はしたが、何しろ佐那自身は、考えていることをとっさに言葉にするのが苦手だし、言葉も早口とは言いがたい。

「ええと、あの、花束はこういう……切り花で、花瓶に挿《さ》すようなもので、アレンジメントはこの籠《かご》のように、このまま置けるようになっているもので……どちらが……」

「どっちでもいい」

遮るように言ってから、男は慌てたように言い足した。

「いや、それじゃきみが困るな、すまない。こじゃれた小さいカフェなんだが、いったいどっちがいいんだ?」

その様子が——どうやったら飼い主に望みを伝えられるかわからずおろおろしている、困惑した巨大な仔犬《こいぬ》のように見えて、佐那は思わず笑いを噛《か》み殺した。

「切り花だと……先様に花瓶がない場合はお困りでしょうし……そういう場合は、アレンジメントかと」

「じゃあ、それの適当なのを」

「ご予算は」

「えー、あー、相場がわからん。十万円くらいなら失礼にはならないか」

佐那は思わず瞬《まばた》きした。

「十万円のアレンジメントといいますと、かなり大きなものになりますが……」

小さいカフェの開店祝いという感じではない。

男は失敗した、というように片頰を歪《ゆが》める。

「うー、じゃあ、五万?　三万?　くらいなら?」

「おそらく……おつき合いの程度などによりますが……それくらいなら……」

「義理だ義理。それほど深いつき合いじゃないから、じゃあ三万で」

さあ、急いで作ってくれ、というように男が佐那を見下ろしたが、佐那としてはまだ尋《き》かなくてはいけないことがある。

「色合いとか、どういうお花の種類とか、ご要望は」

相手が急いでいるようなので、あまりしつこく食い下がるのも申し訳ないと思うのだが、最低限尋いておかなくてはいけない。

男にもそれは伝わったようで、途方に暮れたように店内の花を見回した。

「祝いの花……色……種類……どうすりゃいいんだ……？」

相手によっては、こっちを苛《いら》つかせるかもしれない言葉だが、どういうわけかこの男が言うと、放っておけない、なんとかしてやろうという気にさせられる。

完全お任せでもいいのだが、ひとつくらいは贈り主の考えを入れたい。

「このガラスの中から、メインのお花だけお選びください、ユリとかバラとか」

男は佐那が示した、比較的高価な花が入っているガラスケースを見やると、

「じゃあ、そのでっかい赤の、それはバラか？　それで」

最初に目に留まったらしい花を指す。

「わかりました、ではお届け先と、名札をおつけしますのでその内容を、ここに」

メモ用紙を差し出すと、男は佐那がボールペンを差し出すのを待たず、自分の胸ポケットから万年筆を取り出して書きはじめる。

今時万年筆を見るのは珍しく、佐那が思わず男の手元を見ていると、男は贈り主の名前

として、何か横文字の会社の名前と「井藤美津明《いとうみつあき》」という名前を書いた。

井藤……イトウ。

佐那自身も「イトウ」だが、字はよくある「伊藤《いとう》」だ。

井戸の井を使うのは、少し珍しい。

そしてその文字は、芯の通った手慣れた文字だという感じがする。

クレジットカードで支払いをすると、男は、

「ありがとう、では頼む」

そう言って、店を飛び出していく。

「ありがとうございました」

佐那も慌てて店頭まで出て、また急ぎ足で去っていく男の背中を見送った。

——ほんの一瞬、店の中を通り過ぎていった嵐のようだった。

そう思いながら、午前中に届けるなら急いでアレンジメントを作らなくては、と店の中に戻り……佐那ははっとした。

レジカウンターの前に、何か落ちている。

拾い上げてみると、名刺入れだ。

銀色の金属製で、幾何学模様が彫り込まれている、凝ったもの。今の男が、おそらく万年筆を取り出した時にでも落としたに違いない。

佐那はまた慌てて店の前に出た。
はるか向こうで、男が、大通りに出る路地を曲がっていく姿がちらりと見えた。
「ちょっと、出てきます！」
店の奥に声をかけて、佐那は急いで男の後を追った。
男が曲がった路地を曲がり、大通りに出ると、男は、通りを渡った向こう側にいた。
そして横断歩道の信号は赤に変わったところらしく、車が動きはじめている。
どうしよう。
信号が変わるのを待っていたら、男を見失ってしまう。
片側二車線、中央分離帯もあり、距離はかなりある。
佐那は、思いきって声を出した。
「い……いとう、さま！」
通りを行き交う人々が、驚いたように佐那をじろじろ見て、佐那は真っ赤になった。
人前で大声を出す、人に見られる、どちらも佐那にとっては本当に苦手なことだ。
だが、そんなことを言っている場合ではない。
もう一度、息を吸い込む。
「いとう、さま……！」
道路の向こう側の通行人がこちらを見たので、声が届いていることはわかった。

だが「イトウ」というよくある名字だと、自分が呼ばれているとは思わない場合も多い。

佐那自身がそうだからよくわかる。

佐那はもう一度、声を限りに叫んだ。

「お花を買われた、井戸の井の、いとうさま！」

だめか、と思った瞬間――

男の足がぴたりと止まり、振り向いた。

道路のこちら側で手を振っている佐那を見つけ、その手にあるものが銀色に光っていることに気づいたのだろう、はっとしたように自分の胸元に手をやる。

そのまま佐那の前の横断歩道のほうに慌てて戻ってきた。

信号が変わるのを、じりじりしながら待ち、青に変わった瞬間、佐那は走った。

男も反対側から走ってくる。

中央より少しこちら側で、二人は足を止めた。

「こ、これっ」

渡せてよかった、とほっとしながら佐那が名刺入れを差し出すと、男は受け取りながら、

「ありがとう、助かった、本当にありがとう、ええと」

それでいったいどうすればいいのか、とでもいうように佐那を見る。

どうするもこうするも。

「あの、信号がまた変わりますから……お急ぎですよね？」

戸惑いながらも佐那が促すと、男は「ありがとう」ともう一度言って、慌てて踵《きびす》を返した。

佐那も自分が来たほうの歩道に戻り、反対側を見る。

男は佐那に向かって片手を挙げ、そしてまた歩き出した。

走っているわけではないのにみるみる姿が小さくなっていくのは、脚が長いからなのだろう。

慌てて取りに戻ったところを見ると、大事なものだったのだ。

思いきって声を出してよかった。

しかし、大通りで自分が大声を出したことを思い出すと、また顔が赤らんでくる。

——戻って、注文のアレンジメントを作らないと。

佐那は顔を伏せ、急ぎ足で店に戻った。


「この間はどうも」

店の入り口から声がして、開きかけのユリの蕾《つぼみ》からピンセットで花粉を取る作業をしていた佐那ははっと振り向いた。

「いらっしゃいま……」

反射的に言いかけて、店頭に立っているのが、肩幅の広い、背の高いスーツ姿の男……先日の「井藤」だと気づく。

「あ、先日は、ありがとうござ……」

「こちらこそ、助かった」

井藤は慌てたように、佐那の語尾を食い気味に言う。

「名刺入れの件もだが、花も、きれいな花だと評判だったらしい。あの後知り合いに、あんなに急に頼んですぐに配達など、普通はしてもらえないと聞いた」

確かに、今一般的な、ネット注文できる全国的なネットワーク加盟店などではあまりぎりぎりでは受けつけていないし、この店も、オーナー一人だったら断ったかもしれない。

佐那が店番をしていたから、この人の役に立てたのだと思うと、嬉《うれ》しい。

それでも佐那は控えめに答えた。

「いいえ……あの、ちょうど、時間があったので……お役に立ててよかったです」

井藤は、小さな店内を見回した。

「きみはまだ若いのだろうが……この店のオーナーなのか?」

「とんでもない」

佐那は驚いて首を横に振った。

「僕はただの、アルバイトの店番です」

「それなのに、ああいう対応や判断を、任されているのか」

井藤は感心したように佐那を見つめた。

「じゃあ……学生？」

ほぼ初対面で、プライバシーに踏み込むようなことをずばっと尋ねてくるが、井藤の態度に横柄さなどはまるでなく、むしろ人なつこい雰囲気がある。

「今はなんというか……浪人、ていうんでしょうか、大学の学費を貯めようと思って」

「それはすごいな」

そんなふうに感心されてしまうと、佐那はどう答えていいかわからない。

今時、進学のために、自分以上に苦労している人はいくらでもいるはずだ。

「ええと……それで」

井藤は、言葉を探すようにまた、店内を見た。

てっきり先日の礼を言うためにわざわざ立ち寄ってくれたのかと思ったのだが、また何か花が必要なのだろうか。

井藤もぎこちなく何か言いかけ、やめ、それから思いきったように尋ねた。

「きみは、花が好きなのか？」

「は……はい、ええと……はい、好きです」

唐突な質問に佐那が面食らいながら答えると、井藤は頷き、勢い込んだように言った。

「では、きみが好きな花で、きみが好きなように、花束を作ってもらえないだろうか。値段は、そうだな、この間くらいで」

黙って立っているとスマートで洗練された物腰に見えるのに、言葉を発すると途端に、どこかぎこちない雰囲気になるのだが、それが逆に、距離を詰めるというか親しみを増すような気がする。

こんなふうに緊張した物言いになるのはきっと、よほど大切な人への贈り物なのだ。

この人が自分では花のことはまったくわからないらしいのは、先日の雰囲気でわかっている。

それでも何か、相手の手がかりが欲しい。

「何か……贈る相手の方のお好みとか、イメージとか、漠然とした色合いだけでも、ありませんか？」

佐那が尋ねると、井藤は「う……」と口ごもって一瞬視線を泳がせた。

「いや、任せる、本当に……きみが、自分で欲しいと思うような花束で」

それで構わないのなら、と佐那は頷いた。

「では少々お待ちください……よろしければ、そこで」

片隅に置いてある小さな椅子を示すと、井藤はそこに座る。

椅子の高さに対し、背が高く脚も長すぎるスーツ姿の男が、売り物のさまざまな種類、さまざまな色合いの花を背負っているように見える。

唇を緊張気味に、横一文字に引き結んだ顔つきと背景の花々が、どこかミスマッチで思わず微笑《ほほえ》みたくなるような不思議な雰囲気に、佐那は笑いを噛み殺し、慌てて花を選びにかかった。

佐那自身が好きな花で豪華な花束を好きなように作っていい、というのは楽しい注文だ。

相手は女性だろうか。

井藤のような、一見スマートな偉丈夫に、顔を赤らめながらぎこちなく差し出されたら嬉しくなってしまうような花。

豪華さを強調しすぎない、かわいらしい雰囲気がよさそうだ。

ふんわりとした、綿あめのようなイメージが浮かぶ。

こうやって、花束やアレンジメントを作る前に、何か具体的なイメージを思い浮かべるのが佐那は好きだ。それが正しいやり方なのかどうかはわからないが。

よし。綿あめがテーマで、ピンクと淡い紫、そして白を組み合わせようと決め、メインには、こぶりの、自己主張があまり激しくないユリを使おうと決め、サブには小さな花がかわいく枝分かれしているワックスフラワーとかすみ草を選び出す。

作業をしながらふと視線を感じて井藤のほうを見ると、真剣な眼差《まなざ》しで、食い入るように佐那を見つめていた。

目が合うと、はっとしたように、少し前のめりになっていた身体を起こす。

「あ、ええと、すまない」

慌てたように少し目元を赤らめて謝る。

こういう作業が珍しいのだろう。

「あ、いえ」

佐那もなんだかどぎまぎして、手元に視線を落とした。

「……尋いてもいいか」

やがて井藤が、作業の邪魔をしてはいけないとでもいうように、おそるおそる尋ねた。

「はい」

なんだろう、と思いながら頷く。

「きみは……大学の費用を貯めるためのバイトだと言ったが、そういう……花関係の勉強を大学でしたいのか？　今やっているようなことは、すでにどこかで、専門の勉強をしたのか？」

井藤の言葉を、佐那は詮索と言うよりは、間が持たないので選び出した他意のない質問と受け取った。

口調も、切り口上で横柄なものになりかけているのを、ぎこちなさが打ち消している。

たぶんこの人は、こういう何気ない会話があまり得意ではないのだ。

そういう種類の不器用さは佐那自身が持っているものなので、むしろ親しみが持てる。

もともと佐那はあまりにもそつのない人間は苦手だ。

「あ、いいえ……花は、ただ好きで。アレンジメントも専門の勉強をしたわけじゃなくて……ここで働き出してから覚えたんですけど」

オーナーが一から教えてくれ、「センスあるわよ」と褒めてくれた。

そして自分でも、本や動画などで勉強した。

それだけだ。

そんなことを答えながら手を動かし、花束は出来上がっていく。

可憐《かれん》でかわいらしい、豪華なのだが豪華さを前面に押し出しすぎない雰囲気。

最後にピンクの薄紙と透明のフィルムでくるみ、アイボリーのリボンを結んで整える。

「いかがでしょう」

佐那が尋ねると、井藤は椅子から立ち上がって佐那に近寄り、まじまじと花束と、そして佐那を見た。

「うん、すごくいい、花のことはわからないが、とてもいい」

井藤は頷き、佐那の手から花束を受け取ると——

「これを、きみに」

押しつけるように、佐那に向かって花束を差し出した。

「……は？」

意味がわからず佐那が瞬きすると、井藤は慌てたような早口で説明する。

「この間の礼を、どうしたらいいかと思って……きみが、花が好きなら花がいいかと、好きなように作ってもらって……店の花はきみ個人の花ではないだろうし……」

言いながら次第に、自信を失ったようにしどろもどろになっていく。

「……迷惑だったか……？　すまない」

「いえ、いいえ」

佐那は最初の驚きから、次第に笑い出したくなっていた。

それではこの人は、佐那にお礼のプレゼントをしようとしてくれたのだ。

忘れ物を、追いかけて渡したくらいで、礼など必要なかったのに。

「いやその……ものだと、好みがわからないし、食事に誘うのも変だろうし、あらかじめ何がいいか尋くと断られてしまいそうだし……だから……いやだが、きみに贈るものを、きみに作らせるというのも失礼な話だったな……そうか、値段もわかってしまっているんだし」

井藤は次々と自分の考えの不備を発見してしまったようで、

「すまない」

深々と頭を下げた。

長身をしゅんとかがめて、情けなさそうに唇を噛む様子を見て、佐那の頬が緩んだ。

こういう、誠実さと不器用さの合わせ技は、決して不快ではない。

それを早く言葉にしなくては。

「いえ、あの、嬉しいです」

なんとかそう言うと、井藤はぱっと顔を輝かせた。

「そうか、では受け取ってくれるか」

この状態で断るのは難しい。

それに、井藤の気持ちが嬉しくないと言えば嘘《うそ》になる。

だが、値段を考えると、自分のしたことに対し、高価すぎるのも確かだ。

佐那が迷っていると……

「佐那くん、何かあった?」

奥から、オーナーが出てきた。

五十歳手前くらいの、ショートカットのスマートな女性だ。

もともと夫の実家がやっていたこの店を、義理の両親と、そして夫の不慮の死のあと、仕入れや経理も一から覚えて引き継いでいる。

早朝から仕入れに行き、佐那に店番を任せて一休みした後この時間は帳簿をつけるのが日課だが、店の雰囲気には常に気を配っていて、何かあるとこうしてすぐに出てくる。

「あ、いえ、なんでもないんです」

佐那は首を振ると、

「お騒がせして申し訳ない」

井藤も、そう謝る。

「お客さま？　佐那くんの知り合い？　困ったことではないの？」

佐那と、井藤と、そして井藤がまだ手にしている花束を見て尋ねると、井藤が答えた。

「いや、先日彼が、わざわざ忘れ物を追いかけて渡してくれて……その時急ぎでお願いしてしまった花もとてもよかったので、この花束をお礼にと思って……」

「お礼に？　うちの花を、うちの子に？」

オーナーは面白そうに佐那と井藤を交互に見る。

「佐那くんが作った花よね？」

「そうなんです」

佐那が困って頷くと、オーナーはぷっと噴き出した。

「面白いこと。ええとまず、お客さん、この子のしたことはこういう店で働く人間として当然のことで、お礼をいただくようないわれはないんですよ。でも、もうこうして花束になってしまいましたからね。佐那くん、今回はありがたくいただきましょうよ」

その明るいきっぱりした声に、井藤はほっとした顔になった。

「そうしてもらえれば……では」

井藤が改めて佐那に花束を差し出し、佐那はおずおずとそれを受け取った。

自分好みの――そういうふうに作ったのだから当然なのだが――高価な花束を、プレゼントしてもらうのは、嬉しいと同時になんだか気恥ずかしい。

「ありがとう……ございます」

「それでね、お会計はまだなのね？　だったら、ちょっと割引させてもらいます。そしてこういうお気遣いはもうご無用に」

「いや、それは」

井藤の反論を、オーナーは手で制する。

「そうしましょう」

佐那は佐那で、それは結局店の損になってしまうような気もするのだが、ことを収めようとしてくれるオーナーの気持ちは嬉しい。

井藤も、これ以上我を通すのはよくないと察したのだろう、「では」と胸元からカード入れを取り出す。

オーナーが井藤の会計をしていると、店先に近所の常連の老人が立った。

「こんにちは、いつものお仏壇のお花ですね」

佐那はすぐに接客に向かい、ゆっくりと花を選ぶ老人の相手をしている間に、井藤は会計を済ませていなくなっていた。

さて、どうしよう。

大きな花束を部屋に持ち帰り、佐那は途方に暮れた。

佐那は、店舗の二階に住んでいる。

そもそも生花店の店舗そのものが、相当昔に建てられた、アパートというか長屋のようなものの一階を借りていて、二階にはワンルームともいえないような四畳半の畳敷きの部屋が三つほどあり、佐那はその一部屋に入っているのだ。

古い商店街とはいえ都心であるのは確かなので、周辺は建て変わったり駐車場に変わったりしていて、このあたりでもここが、一番古い建物なのかもしれない。

生花店も佐那の住んでいる部屋も、家賃は相場に比べてかなり安い。

佐那の場合、さらに交通費をかけずに済むという利点があって、今時風呂もないこの部屋に住んでいるのだ。

その狭い部屋で、しかも家具などもほとんどない生活をしている佐那は、花束を部屋に持ち帰ってみて、活《い》けるための花瓶も何もないことに気づいた。

風呂もない銭湯利用の生活なので、浴槽に浸《つ》けておくこともできない。

ユリはドライフラワーには向かないし、いったいこの花束をどうすればいいのか。

豪華な花束というのは、受け取るほうにもそれなりの環境が必要なのだ。

それでも、この地味な部屋にこれだけの花があると、部屋そのものが明るくなったようで嬉しいのは確かだ。

佐那はしばらく考えてから、とりあえず部屋を入ってすぐのところにある、小さな流しに花束を入れた。

斜め置きにはなるし、洗面所も兼ねている小さな流しなので、顔を洗う時にはどかさなくてはいけないが、とりあえず花を生かしてはおける。

しばらく楽しんだら短く切って、ひとつしかない小さな鍋とか、どんぶりとか、マグカップとか、そういうものに小分けにしてみよう。

高価な花たちに申し訳ない気はするが、佐那にできる精一杯だ。

その夜、狭い部屋は甘いユリの香りで満ちた。

幸い少し窓を開けて寝てもいいような気候だったので、息苦しいほどにはならない。

佐那は自分の身体全体が甘い香りにすっぽりくるまれたような気がして、幸せな眠りに落ちていった。

翌日の夕方、店じまいの準備をしていると、店頭にまた、見覚えのある長身の男が立った。

「あ」

佐那は思わず声を上げた。

井藤だ。

今日もまた、すらりとした身体にオーダーメイドらしいスーツを纏《まと》った洗練された姿だが、やはり今日もまた、瞳には不器用な戸惑いを浮かべている。

「いらっしゃいませ……あの、昨日はありがとうございました」

今日もまた、花を買いに来たのだろうか。

佐那が戸惑いつつも尋ねると、井藤はさらに困惑した顔になった。

「いや……こちらこそ。押しつけがましい真似《まね》をしてしまった」

「いいえ、そんな」

佐那は慌てて首を振った。

「豪華な花をいただいて、嬉しかったです」

「それならよかったが」

そのまま、ぎこちない沈黙が落ちた。

どうしよう、仕事を続けてもいいのだろうか、と佐那が迷っていると。

「花を何か、一本欲しい」

唐突な口調で井藤が言った。

「一本、ですか」

「そういう買い方は迷惑だろうか、自分の家に飾る、何か、適当なものを」

「ご自宅用ですか」

一本というのも面白い注文だが、一輪挿しに挿したいとか、何か理由があるのだろう。

「お好みは」

「すまないが……花のことは全然わからないので、きみのお勧めで」

もう佐那は、井藤のそういう不器用さになんとなく慣れてきたような気がする。

「そうですね、では……こういうバラでは？」

小ぶりのバラを示すと、井藤が頷く。

「ではそれを」

自宅用ということで簡単に紙でくるんで渡し、会計を済ませると、

「これはこのまま、水に入れておけばいいんだな？　毎日水は替えるのか？」

井藤はそんな基本的なことを尋ねてくる。

「根元のところを長持ちするジェルで包んでありますから、このまま花瓶に挿して水を入れてください。三日ぐらいは減った分の水を足すだけで大丈夫です」

佐那が説明すると井藤は頷き、「ありがとう」と短く言って、店を出ていった。

そして翌日やはり閉店間際の時間に、井藤はまた現れた。

「いらっしゃいませ……」

佐那が戸惑いつつも声をかけると、

「花を何か、一本」

昨日と同じように、井藤が言う。

佐那はトルコキキョウを勧めた。

その翌日も閉店ぎりぎりに息を切らして現れて、同じように「花を一本」と言われると、さすがに佐那も井藤の行動は少し変わっている、と感じた。

これまで花に縁のある生活ではなかったようなのに、急に毎日一本ずつ花を買うというのは、どういうことなのだろう。

いや、詮索してはいけない、と自分の中で思い直す。

人の行動にはいろいろ理由がある。もしかしたら、最初のアレンジメントと佐那にくれた花束で、花のよさに目覚めたのかもしれない。

自分がどんな花が好きなのか好みがわかるまで、いろいろ買って試してみようと思っているのかもしれない。

だったら自分は、その手伝いをすればいいだけだ。

「今日はこちらはどうでしょう」

佐那はスプレーカーネーションを示した。

「一本ですけど、花の数は多いんです。蕾が開くのも楽しめますよ」

「ああ、それはいい、それはいいな」

井藤は頷く。

しかし佐那にはちょっと気になることがある。

「あの……花瓶は、一輪挿しですか？　数はおありですか？」

「え、あ、いや」

井藤はうろたえた顔になる。

「花瓶はその……ろくなものが……今のところ、グラス類に……そういうのは邪道だろうか、申し訳ない」

「いえ、いいえ、それでもいいんです」

佐那は慌てて言った。

身なりからしてお金はある人だとは思うが、佐那が「花瓶のほうが」などと余計なことを言って、一輪挿しを山ほど買わせる羽目になっては申し訳ない。

「僕も、いただいたお花、マグカップとかに活けてますから」

「そうか、それならよかっ……」

言いかけて、井藤ははっと気づく。

「あのでかい花束は……迷惑だったんだな」

「い、いいえ！」

　佐那は慌てて首を振った。

「花は本当に好きなので……それに自分ではとても買えないような花だったので、本当に嬉しいです。似合う花瓶を持っていないのが、花に申し訳ないですけど、僕としては本当に嬉しかったです」

「そうか……それならいいんだが」

　井藤がほっとしたような笑顔になり、頬に猫のひげのような横皺《よこじわ》ができる。

　その笑顔はいかにも人好きのするもので、佐那もつられて笑顔になった。

「最初のバラなんかは、部屋の中に逆さに吊《つ》るしておけばドライフラワーになりますから、そうしたらグラスが一つ空きますし」

「それはいいな」

　井藤は頷く。

　佐那は花を選び出し、切り、包みながら、井藤のこうした来店はほんわりとした時間で、自分にとってもなんとなく楽しみになっていることに気づいていた。

　その後も井藤は、頻繁に店を訪れて花を買い、佐那がふと思いついて切り花ではなく鉢植えを勧めてみると「そっちのほうがいいかもしれない」と、いくつかの鉢を買い……

　いつしか井藤という常連客がいることが、日常のようになっていた。

「実はねえ、ちょっと店のことで、話があるのよ」

オーナーが佐那にそう切り出した。

月に二回の佐那の休日と、店の定休日が続き、二日ぶりに店に立っている時だ。

客がいない店の中で「ちょっといい？」と言われた時、その口調に真剣なものを感じて、佐那はもしかしたらあまりいい話ではないのだろうか、と思った。

店の経営があまり思わしくない……というのは、想像がつく。

もともとの常連である、日常的に仏花を買ってくれる高齢者は減るいっぽうだし、近所の店舗でも、経費削減で定期契約をしてくれるところは減っている。

オーナーは先代からの方針で、カタログにある花をそのまま作るようなチェーンには入っていないのだが、そういう店は地方ならともかく、都内では限界なのかもしれない。

店を閉めるのか。

または人件費削減で、バイト代が減らされる、もしくはクビ……だろうか。

不安が顔に出たのだろうか、オーナーがふっと頰を緩めた。

「ああ、そんなに悪い話じゃないのよ。ええとね……ここの大家さんが、この土地を売ることに決めたらしいのよ。で、建物は取り壊すことになって。佐那くんも二階の住人だから、近々話が行くと思うけど」

古い商店街の中でもひときわ古いこの建物は、いつそういう話が出てもおかしくなかった。

大家も高齢で跡取りがなく、いずれ「売る」という判断も予想はついていた。

「そうすると……この建物はなくなってしまうんですね」

「そう」

オーナーは頷く。

「で、この店をどこかに移すにしても、同じ家賃で借りられそうなところはないだろうなあと思っていたら、思いがけない、いい話があってね」

オーナーがくすりと思い出し笑いをする。

「あの、井藤さんてお客さんがいるでしょ、佐那くんに花束をくれた」

「あ、はい」

井藤の名前が出てはっとオーナーを見ると、

「おととい、佐那くんがいない日にも見えてね、その時たまたま、大家さんと私が話をしていたのを聞いて、だったら別な場所に出店しないかって言ってくれたのよ」

「そうなんですか⁉」

「知ってた？　あの人、アイズホテルチェーンの社長さんなんだって」

「え」

佐那は驚いて瞬きした。

アイズホテルといえば、最近急激に、全国的に数を増やしている新興のホテルだ。最初は駅前のビジネスホテルの買収からはじまり、最近は高級ホテル、リゾートホテルなどにも手を伸ばし、日本のホテル業界地図を塗り替えている。

あの井藤が……まだ三十そこそこに見える、運転手付きの車にも乗らず、秘書を連れているわけでもなく、急ぎ足でこの商店街を通り抜けていた井藤が。

しかし最近の、若くして成功している経営者というのは、そういうものだとも聞いたことがある。都内など電車のほうが効率がいいところでは、車ではなく電車を使うし、服装もIT系などだと、Tシャツにジーンズだったりするくらいだ。

井藤はさすがにホテル業界ということでスーツ姿なのだろうが、考え方はそういう、今時の経営者のものなのだろう。

その井藤が、この店の出店先を斡旋《あっせん》してくれるとは。

「いいお話、っていうことですよね？」

佐那の声が、思わず弾む。

「そうなのよ、びっくりするくらい」

オーナーも笑顔になって頷く。

「それで昨日、定休日だったから、詳しい話も聞いてきたの。店の移転先はなんと、丸《まる》の内《うち》のアイズクラウンホテルよ！」

え――と、佐那は絶句した。

丸の内のアイズクラウンホテル……つい先日オープンして話題になった、富裕層をターゲットにした高級ホテルだ。

「家賃はもちろんここより上がるから頑張らなくちゃいけないけど、ホテルの会議とか結婚式の装花を独占的に回してもらえるから、なんとかやっていけると思うのよ」

オーナーは嬉しそうに続ける。

もともと夫の両親がやっていた生花店を引き継いだオーナーだが、花嫁のブーケとか、パーティーの装花とか、そういう方面をやりたいのだと常々聞いてはいた。

だからこれは、オーナーにとっては本当に素晴らしいチャンスなのだ。

でも……でも。

「佐那くん？」

オーナーは、佐那の表情が浮かないものになっていることに気づいたらしい。

「大丈夫？　ええと、もちろん私は……佐那くんには引き続きバイトしてほしいと思ってるんだけど……」

「……あの」

佐那は困り果ててオーナーを見た。

だめだ。どう考えても、だめだ……丸の内の真ん中では。

あの場所では。

「僕は……僕は、そちらでは働けません……」

声が震える。

オーナーは驚いて佐那を見つめた。

「どうして……？　井藤さんだってたぶん、佐那くんの仕事ぶりが気に入ったから、だからこのお話をくれたんだと思うのよ。あ、でももちろん、佐那くんが学費を貯めるためのアルバイトだってことはわかってるから、負担を増やす気はないの、人員も増やすことになると思うし、時間も今まで通りで……」

「すみません！」

佐那は頭を下げた。

あんな超都心の高級ホテルなどにいたら、会いたくない……会ってはいけない人々に会ってしまう。

生まれ育った家を出て、一人で生きていこうと決め、これまで生きてきた世界に自ら背を向けた決意が、台無しになってしまう。

伝手《つて》のない地方になど行ったらかえって目立ってしまうと思い、都内で目立たず生きていく場所を探していた佐那にとって、この店は居心地がよかった。

都心でありながら、不特定多数の人々が行き交うわけでもなく、しかしほどほどに近所との距離感があり、誰もプライベートなことに踏み込んでこない。

そして店の二階に住み、通勤で電車に乗る必要もない。

たまの配達の時には、店のロゴが入ったキャップを目深に被《かぶ》り、エプロンをしていれば「生花店の人」というカバーが佐那個人を覆い隠してくれる。

ここでならゆっくり落ち着いて、自分の行く末について考えられると思っていた。

「佐那くん……どうして？　何か事情があるの？」

困惑しているオーナーには本当に申し訳ないと思いつつ、打ち明けることはとてもできない。

「本当に……申し訳ありません」

佐那は繰り返すしかなかった。

「本当に申し訳ない！」

店先に入ってくるなり、がばっと土下座しそうな勢いで、井藤が佐那に頭を下げた。

「いえ、あの、そんな」

「悪気はなかったんだ。あのホテルに今入っている花屋と契約を打ち切ることになって次を探していたのは本当だし、この店が立《た》ち退《の》きを迫られていると知って、本当にちょうどいい話だと思った。そしてもちろん、きみに引き続き働いてもらって、給料も上げられるだけの仕事は回せると思っていた！」

頭を下げたまま一気にそう言って顔を上げた井藤は、困り果て、穴があったら入りたいとでもいうような、恥じ入った顔になっている。

「きみにはどう謝ったらいいのか」

「いえ、あの、今回のことは本当に……僕の個人的な事情なので……」

佐那も頭を下げた。

「ご厚意には感謝します。お応《こた》えできなくて本当に申し訳ありません」

井藤に悪意があったわけではない。

そもそもこの建物の取り壊しの話が先にあったのだし、井藤はそれを知り、この店と佐那の仕事が気に入ったから、声をかけてくれたのだ。

佐那は「新しい店に移動はできない」理由を正直に言うことができないので「人混みが本当に苦手で、あの場所に通勤するのも働くのも難しい」と説明してある。

オーナーも井藤も、「人混み恐怖症」という佐那の説明にはしぶしぶながら納得してくれたし、いずれにせよこの場所は立ち退かなくてはいけないのだし、オーナーの夢もあるしで、店舗移転は正式に決まった。

そして佐那は、仕事と住む場所を同時に失うことになったのだ。

もちろん店舗二階のアパートに関しては退去まで猶予はあるが、時間の問題だ。

「それで、きみはどうする」

井藤は真《ま》っ直《す》ぐに佐那を見つめて尋ねた。

「俺にできることならなんでもさせてもらう。系列の、……たとえばきみが納得できる場所にあるホテルならフロントなど、仕事はあると思うのだが」

「お気持ちは嬉しいですが……僕は、ホテルの仕事は」

井藤のアイズホテルは、駅前など、立地のいい場所ばかりなのが特徴だ。

そういう場所で「誰かに会う」可能性はやはり高そうだし、そもそもホテルの接客業が自分に勤まるとは思えず、かえって井藤に迷惑をかけてしまう。

「自分で、なんとか考えますので……本当に」

もともと不安定なバイトの身分だ。今回はたまたま井藤の厚意がこういうかたちになったが、いつどういうかたちで失っても仕方のない立場だった。

「だが、仕事はともかく、住む場所は」

言いかけて、井藤ははっと何か思いついた。

「ではしばらく、私のマンションに来て住むというのはどうだろう、仕事と住む場所が決まるまでの間。場所は高輪《たかなわ》で、広さはじゅうぶんあるから……」

「いいえ！　いいえ、お申し出はありがたいですが」

佐那は慌てて断った。

繁華街、オフィス街と並んで、佐那が避けたいのは高級住宅街だ。高輪にも親戚が住んでいる。実家も遠くない。

「そうだな、それはそうだ、失礼した。だが……」

困り果てた様子で井藤は腕を組み、佐那は、申し訳なさに身が縮む。

井藤が責任を感じるようなことではないのに、申し訳ない。

「自分でなんとかします、仕事も住む場所も。ですから本当に」

とりあえず、大家さんが立ち退き料を少しくれることになっている。敷金礼金なし、保証人もいらないアパートも、探せばあるだろう。

アルバイトも、贅沢《ぜいたく》を言わなければ見つかるはずだ。

すると井藤が、ふと何かを思いついたようで、躊躇《ためら》いながら口を開いた。

「引き受けてくれる人を早急に探さなくちゃいけない仕事があるんだが……あれはきみのような若い人にお願いするようなものじゃないからな」

いくらなんでも問題外だろう、というような口調に、佐那はふと興味が湧《わ》いた。

「どんなお仕事なんですか？」

「いや」

井藤は苦笑する。

「親戚から相続して困っているアパートがあるんだ。親戚が亡くなった後、管理が行き届いていない。管理人を探しているんだが……都下で、駅からも遠くて、物件そのものも古いから、引き受け手が見つからなくてね」

都下の不便な場所の、古いアパートの管理人。

「仕事の内容は？　住む場所もあるんですか？」

思わず佐那が尋ねると、井藤は佐那が興味を示したことが意外そうに眉を上げた。

「アパートの空き部屋に住んでもらえる。給料の一部として、家賃はなしで。だがボロだぞ。仕事は掃除とか、ゴミの管理とか、あとはとにかく敷地の周辺が草ぼうぼうになっていて、美観が悪いと近所から苦情が来ているから」

欠点をまくし立てるが、佐那にとっては場所が不便なのも、建物がボロなのもたいした問題ではない。

都下で駅から遠くて通勤の必要もない……佐那が「見つけてほしくない人」の目は、絶対に届かなさそうな場所だ。

そして、建物の周りが草ぼうぼうで困っているというのなら……

「花とか、木とか、植えてもいいんでしょうか？」

「それは、大変な作業だがきれいにしてもらえれば……」

言いかけて、井藤ははたと気づいたように今自分がいる生花店の中を見回した。

「そういうことが、苦ではないなら、もちろん。そうか、きみは植物が好きなんだな」

佐那は頷いた。

庭仕事もついてくるというのは、佐那にとっては欠点などではない。

「――それじゃあとにかく、一度物件を見てもらえるか」

それでもまだ、佐那が本当に引き受けてくれるのかどうか半信半疑といった顔で、井藤が言った。


佐那には、オーナーにも言っていない事情がある。

実家と縁を切っているのだ。

反対を押しきって家を出てきたのだが、それは自分が実家にいると兄に迷惑をかける、迷惑をかけたくないという気持ちからで、自分のわがままだとは思っていない。

だがそれは兄には通じず、二度ほどバイト先を突き止められ、家に連れ戻されて兄と大《おお》喧嘩《げんか》になったりもした。

それでも最後には兄の「勝手にしろ」という言葉を盾にして出てきたのだから「家出」とは違うはずだ。

しかし兄自身は佐那の所在を摑《つか》んでおきたいようだし、兄とは別の思惑で、佐那を手中にしたい厄介な親族もいる。

今の住まいとバイト先は、半年以上経っても誰にも見つからず、ようやく安心できたと思っていた。

そして落ち着いたところで、自分の行く末をちゃんと考えようと思っていた。

大学には行きたい。やりたいことは漠然とだがあって、それは実家にいれば要求される、経営とか経済とか、そういうものとは違う。

勝手に進路を決めるのならなおさら、実家には頼れない、頼りたくはない。

自力でなんとかしなくては。

そのためにはまず、自分がどれだけ働いてどれだけ収入を得ることができて、そしてどれだけ一人で受験勉強ができるかを確かめなくてはいけない。

奨学金を使うとしても、貯金ゼロからでは無理なので、最低二年くらいはバイト生活になるだろうと考えている。

そんな佐那にとって、井藤が持ってきてくれた話は、ひとところに腰を据えて先のことを考えられる、絶好の場所のように思えた。


それは不思議な立地だった。

都心から一時間弱、私鉄の各停しか停《と》まらない小さな駅から、小さな山を越えるようにバスで二十分ちょっと。

畑の間に、住宅地が点在している。

かつて都心の土地が高騰した頃、このあたりの建て売りが飛ぶように売れた時期があったらしい。

その後、都心の大学がいくつかこのあたりにキャンパスを作って、アパートもたくさんできたのだが、そういう大学はみな近年、都心に戻っていってしまった。

つまり……一時の繁栄の波が引いて取り残された場所。

丘陵地の真ん中を真っ直ぐにナイフで抉《えぐ》ったように、線路が通っている。

そしてその線路めがけて周囲の景色には不似合いな広い道路が一本通っていて、線路にぶつかって唐突に終わっている。

かつて、線路をまたぐ橋をかけて向こう側まで大きな道路を通す計画があったのだが、それが頓挫したらしい。

問題のアパートはその、線路にぶつかる手前の、広い道路の真ん中に建っていた。

まるでそのアパートの土地だけを、用地買収し忘れたかのようで、結果的にその広い道路はそこに行くための道のようになっている。

そしてそのアパートは、井藤が言った通り、かなり古いものだった。

築四十年の木造二階建て。三畳ほどのキッチンがついた六畳間が一階と二階に五部屋ずつある。

二階に上がるのは建物の真ん中あたりについた鉄製の外階段で、どの部屋にもベランダはなく、腰高窓の外側に小さな手すりがついているだけだ。

階段はところどころ錆《さび》が浮き、通路の床のコンクリートにはひび割れが走っている。

しかし、建物そのものの外観よりもここを荒れた雰囲気に見せているのは、アパートをぐるりと囲んで道路のアスファルトから隔てている、ぼうぼうの雑草だった。

「……ここなんだが……」

井藤が、傍らに立って建物を見上げている佐那に、申し訳なさそうに言う。

見るだけ見て断ってもいいと言われている。

美観が悪いと、周辺から苦情が来ているような場所だ。

だが佐那はそのアパートを見た瞬間、そこがおそろしく魅力的な場所だと感じていた。

敷地は、皿のような平たいフラワーベースだ。真ん中にアパート……趣のある古い切株のようなオブジェがあって、その周りに草木や花を配置する。

季節によって彩りが変わる、生きた花瓶だ。

「……庭は、好きにしていいんですよね？　建物の補修とかも、できる部分はやっていいんでしょうか？　そういう予算はありますか？」

佐那の声が弾んでいるのに気づいたのか、井藤は戸惑いつつも答えた。

「ここは売るにも売れないので。当面このまま維持することだけが目的だから、家賃収入は収益として当てにしてはいない。きみへの給料と管理にかかる費用を、家賃の上がりでまかなえればいいくらいだ。補修については別枠で用意してあるから、必要なら業者を手配する」

「買い物は、駅前ですか？」

「駅と反対側の、あっちの幹線沿いにスーパーとホームセンターがある。自転車でなら十五分くらいの距離だ」

それならそう不便とはいえない。

「僕はどこに住めばいいんでしょう？」

「一階の角部屋が空いているので、そこに住んでもらっていいんだが……」

井藤はまじまじと、佐那の顔を見た。

「ということは、つまり」

「ぜひ、ここで働かせていただきます」

佐那は井藤を見上げ、顔を綻《ほころ》ばせて答えた。

アパートの住民に挨拶をし、一階の部屋に少ない荷物とともに落ち着くと、佐那は早速アパートの周りの草刈りをはじめた。

計画倒れの道路の周囲はこぢんまりした建売住宅が多く、その真ん中にある草ぼうぼうの敷地は確かに悪目立ちしているのがわかったから、まずはそこからだ。

崖を背にした線路側の細い場所には、もう少ししたら苗が出回るはずのコキアを植えよう。

丸く大きな一年草は紅葉したものが有名だが、夏の間青々と茂っているさまもかわいいはずだ。

道路との境目には、れんが状のふちどりをつくる。

生まれてはじめて行ってみたホームセンターには庭造り用のさまざまなグッズがあって、佐那にとっては宝の山のようだった。

佐那は夢中になって、やはりそのホームセンターで買った自転車で何往復もした。

アパートの補修も、本や、ホームセンターで見られる動画で素人《しろうと》のＤＩＹを勉強し、まずは入り口が外れかけた柵を直し、外階段の手すりを塗り直し、ひび割れた外廊下には、補修を兼ねた防水塗料を塗ろうと決める。

やることはたくさんあって、しかもそれが楽しい。

一週間ほど経ったある日、一台の車がやってきて、敷地の外、道路の端に停まった。

花壇を作っていた佐那にはすぐ、乗っているのが井藤だと気づいた。

最初にここに来た時は最寄《もよ》りの駅からの距離感を確かめたくて電車とバスを使ったので、井藤の車を見るのははじめてだが、しゃれた国産のツーシーターだ。

外車など高価な車を見せびらかすのではなく、しかし車が好きでこだわりがある人なのだろうと感じさせるもの。

「ずいぶん変わったな」

車から降り立って、まず井藤は驚いたように敷地を見渡した。

「雑草がないだけで、見違えるようだ」

「そうだといいんですけど」

そう言って立ち上がった佐那が、土で汚れたデニムのエプロンに軍手、農作業用の大きな麦わら帽子姿なのを見て、口もとを綻ばせる。

「勇ましい姿だな」

佐那はそれを素直に褒め言葉と受け取った。

帽子もホームセンターで見つけて買ってみたのだが、なかなか使い勝手がいい。

「花壇を作っているのか」

井藤は佐那の作業現場を見渡した。

「花の名前はわからないが……このへんは色の感じがいいな」

「ホームセンターに苗がいろいろあったので、まずは彩りにと思って」

佐那は軍手を脱いでエプロンのポケットに入れながら説明した。

井藤は別な一角に目をやる。

「花の名前はわからないが……これは見たことがあるな」

「ラベンダーです」

「ラベンダー？　あれはもっと……草っぽいんじゃないのか？」

「どちらかというと、木なんです」

ラベンダーも、ホームセンターに何種類もの苗があったのだが……

「白いラベンダーというのがあるらしくて、本当はそれを植えてみたかったんですけど、なかなか売ってないんですよね」

「そうなのか」

井藤はわかったようなわからないような顔で頷く。

「あと、これは井藤さんに許可をいただいてからと思ったんですけど、入り口の柵を直したら、あそこにミニバラのアーチを作ってみてもいいでしょうか？」

「柵を、直す？」

井藤は訝《いぶか》しげに改めてアパートの建物のほうに目を留め、はっとした。

「……あそこの、手すりの色が変わっているようだが……まさかあれは？」

外階段の手すりのことだと、佐那はすぐ気づいた。

「かなり錆が出てきていたので、錆止めを塗ったんです。この後、もともとのベージュに近い、防水塗料を塗る予定です」

「そんなことまでしているのか！」

井藤の声が大きくなった。

「そこまでしなくていい、それは業者に頼む部類のことだ」

怒っているのではない、のだろうが……

「え……でも」

佐那は戸惑いながら言った。

「素人が扱えるような塗料もたくさんありますし……ちゃんと、きれいに……」

「そういうことじゃない」

井藤は眉を寄せて首を振る。

「きみにそこまでさせるつもりはない。重労働じゃないか。柵を直すというのも、きみが大工道具を手に持ってやるつもりか？　そういうことは業者を手配すると言ったはずだ。まさかきみのこの手で」

井藤は佐那の両手を自分の両手で包むようにして引っ張り、絶句する。

軍手を外してする作業もあったので佐那の手は土で汚れているし、そうでなくても生花店のバイトは手が荒れるものだったから、とてもきれいな手とは言えない。

「あ、あの……」

井藤が自分の手をまじまじと見つめているので、佐那は恥ずかしくなってなんとか引っ込めようとしたが、井藤は手を離してくれない。

「僕の手は……そんな気遣っていただくようなものじゃ……男らしい大きな手じゃないですけど、それでも工作とかで何か作るのは好きでしたし……」

「……苦労している手だ」

井藤はふうっとため息をつき、そしてゆっくりと佐那の手を離した。

「そこまできみに過酷な仕事をさせるつもりはないんだ。きみは花が好きだから、庭周りの仕事とゴミ出しの管理くらいをしてくれればいいと思っていた。大学に行きたいのだったら勉強の時間も必要だろうし」

佐那は驚いて井藤を見た。

「それはありがたいですけど……それくらいじゃ、お給料をいただいて管理人の仕事をしているとはとても言えません。ゴミ置き場の管理と庭仕事だけでは、家賃をただにしていただく分くらいにしかならないと思います」

自分で管理をしている大家さんの本なども買って読んでみたが、部屋の中の水漏れ対応とか壁やフローリングの補修のようなことまで、すべて自力でやっていた。

それに比べれば外回りのペンキ塗りなど、大変でもなんでもない。

家賃なしで、さらに管理人としての給料まで貰《もら》うのなら、それに値する仕事をしなくては。

井藤は佐那の反論に、わずかにむっとした顔になる。

「俺がそれでいいと言ってるんだ。そこまでする必要はない」

思わず佐那も言い返す。

「でしたら僕は……ここの仕事を続けるわけには、いきません」

「それは脅迫か？」

井藤の声が大きくなりかけた時……

「あらあ、イトウさん」

アパートの一階の部屋の扉が開いて、住人が顔を覗《のぞ》かせた。

七十代の一人暮らしの女性で、アパートの一番の古株だ。

「なあに？　喧嘩？　その人はだあれ？」

女性が話しかけているのは佐那であり、井藤を訝しげに見ているので、井藤は混乱したように見えた。

「俺は……ここの、新しいオーナーだが……そういえば、住民に自己紹介などはしていないんだが」

「まあ、イトウさん、この人がここの新しい持ち主さんなの？」

相変わらず女性がそう話しかけるのは、佐那に対してだ。

「そうなんです、この方が……この方も、イトウさんで、字は僕と違うんですけど」

「ちょ、ちょっと待った！」

井藤が大声で遮った。

「イトウ？　きみの名字はイトウなのか？」

「……え？」

佐那は思わず井藤の顔をまじまじと見つめた。

言っていなかっただろうか？

確かに、なりゆきで履歴書なども何も出さずに、ここの管理人を引き受けた。

家賃無料、給料は生花店で貰っていたのと同じ額を出す、という条件で。

素性を詮索されたくない佐那にはありがたいことだったが、いくらなんでも口約束だけでは何かあった時に困るだろうから、簡単な契約書くらいは作ったほうがいいのではないかと、次に井藤と会った時に言おうと思っていたのだが。

「サナ、というのは……変わった名字だと思っていたのだが……」

井藤の声が小さくなる。

佐那も、ちゃんと名乗っていなかった自分のうかつさに気づき、申し訳なくなる。

「伊藤佐那、佐那は下の名前です。僕のは普通の伊藤です。よろしくお願いします」

今さらだが、きちんと自己紹介をする。

こういう時、自分の名字が平凡でよかったと思う。変わった名字だったら、すぐに佐那の素性はばれてしまうだろうから。

そして偶然にも井藤と同じ読み方だったことは、なんとなくくすぐったい。

「………」

井藤は無言で佐那の顔をまじまじと見つめ……

それから、ぷっと噴き出した。

「何をやっているのかな、俺は」

そう言ってあの、頬に皺ができる人好きのする笑顔になる。

「すまない、俺はきみのことを全然……フルネームすら知らずに、勝手に自分の考えを押しつけていた。給料と、仕事の範囲についても……ちゃんと、話すべきだった」

佐那も、むきになっていた自分を意識する。

「僕のほうこそ……まずご相談すべきだったのに、勝手にいろいろ、思い込みではじめてしまって」

「いや、俺が悪かった」

頭を下げ合う二人を見て、住人の女性が笑い出す。

「なんだかわからないけど、喧嘩は済んだの？　そうしたら、新聞をまとめたのを外に出すのを手伝ってもらってもいい？」

新しい管理人として挨拶をした時に、女性の脚が悪いと見て取って「何かお手伝いできることがあったらいつでも声をかけてください」と言ってあったのだ。

「はい、今すぐ」

向きを変えようとした佐那の肩を、井藤が軽く押さえた。

「これだけ言わせてくれ。どうか、きみが思う通りに、対価に見合うと思う仕事をしてくれ。だが無理はしないで、手に余ると思うことが出てきたら必ず俺に連絡をしてくれ。それと、経費もきっちり全額請求すること」

それはすべて、納得できる提案だった。

だったら佐那は、自分がすべきだと思う範囲のことを、一生懸命やればいい。

この人は話せばわかる、そして正しい判断のできる人だ、と佐那は感じ……

「はい」

と、笑顔で頷いた。


じきに、佐那は新しい生活に馴染《なじ》んだ。

アパートの住人たちとも打ち解け、極端に気難しい人や、マナーの悪い人もいないとわかってきてほっとする。

おおざっぱに分けると年金暮らしの年配の人と、働いている二十から三十代の人たちで、派遣やアルバイトが多いのは、やはり家賃が安いアパートだからだろう。

佐那が朝から敷地周りの掃除をし、出かける人たちに挨拶を続けていると、向こうからも挨拶を返してくれるようになる。

もともと人見知りで、大勢を前に話すことなどは本当に苦手な佐那だが、不思議とこういう挨拶などは苦にならない。

ミニバラのアーチを作るための支柱を作っていると、聞き覚えのあるエンジン音が近づいてきて、佐那は振り向いた。

井藤の車だ。

「佐那くん」

車から降り立って、井藤は笑顔を見せた。

「お疲れさま」

「井藤さんも」

「今日は、いいものを持ってきた」

井藤は楽しそうに言いながら、車のトランクを開け、段ボール箱を出す。

「きみに、使ってもらおうと思って」

佐那が近寄って中を覗くと、そこには鍋や調理器具が入っていた。

「これ……」

「きみは自炊をするようだから、こういうものがあったほうがいいだろう」

佐那は思わず無言になって、箱の中のものをまじまじと見た。

確かに佐那は、小さな片手鍋を一つ持っているだけだ。前に住んでいた生花店の二階は、小さな流しと、電熱線の一口コンロがあるだけだったから、複数の鍋など使いようがなかった。

しかしここには、ガスの二口コンロがある。

それならもう少し大きくて深い鍋や、ちゃんと切れる包丁なども欲しいと思ってはいたのだが、ホームセンターやスーパーで見ても意外に値段が高くて、少し考えようと思っていたのだ。

井藤は前回来た時に佐那の部屋もちょっと覗き「本当にものがないな」と苦笑していたので、こういうものをくれる気持ちになったのだろうが……

箱の中にあるのは、高価そうな、きちんとしたセットになったものだった。

ステンレスの両手鍋や深めのフライパン、包丁、シリコンの菜箸やターナー、トング、キッチン鋏《ばさみ》、ほうろうのコーヒーポットに檜《ひのき》のまな板や鍋敷きまで。

どれも有名なキッチンブランドのものだ。

値段など見ずに店員任せで詰め合わせたのだろうと想像がつく。

合計すればおそらく、佐那の給料の二月《ふたつき》分にはなるだろう。

「これは……いただくわけには……」

思わず佐那は言った。

今の自分の生活に、これはふさわしくない。

井藤が訝しげに佐那を見る。

「デザインが気に入らなかったか。若い男の子が使うので、使いやすくてシンプルなものを、と注文したつもりだったのだが」

「いえ、そうじゃないんですけど」

佐那は首を振った。

「こういう高価な……高価、ですよね？　そういうものはちょっと」

井藤ははっと目を見開き、

「値段を見なくても……わかってしまうんだな」

そう言ってみるみるしゅんとした顔になった。

「……すまない。ただ、きみを傷つけたり馬鹿にしたりするつもりはまったくなかったんだ」

佐那は慌てて首を振った。

「それはもちろん、お気持ちはありがたいです」

金があることをひけらかしてマウンティングするような人ではないと、そんなことはもうわかっている。

ただ、なんというかこの人は……善意のあまりに、さじ加減を見失うというか、そういう人なのだ。

「だが、これはどうしよう」

井藤は困り果てたように箱を見た。

「知り合いから買ったので返品はちょっと無理だし……きみが使ってくれないのなら、捨ててしまうしかないんだが……」

駆け引きではなく、本気で困っているのだとわかる口調。

仕事の取引関係の店か何かを通したのだろうか、それなら確かに返品は難しいだろう。

眉を下げ肩を落とした井藤の姿は、飼い主に怒られてしゅんとしている大型犬のようだ。

どうもこの人ががっかりしているとそんなふうに見えて、おかしな話だが「かわいい」とすら思えてしまう。

返品できないものなら……わざわざ無駄にすることはないだろう。

「あの」

井藤が抱えている箱に、佐那は軽く手を載せた。

「お困りなら、ありがたくいただきます。でも今後は、こういうことは」

佐那の言葉に、井藤の顔がぱっと明るくなる。

「そうか！　受け取ってくれるか、ありがとう！」

嬉しそうに、重そうな箱を一度揺すり上げる。

「では家の中に運ぼう」

「はい」

先に立ってアパートの部屋の玄関を開けると、井藤は箱を下ろし、部屋を見回す。

玄関を入ってすぐが、三畳ほどのキッチンで、その奥に畳敷きの六畳間。

家具などほとんどなく、一間ある押し入れの中も、布団とわずかな着替えと勉強道具以外ないのが一目瞭然だ。

井藤はむずむずと何か言いたげで、それから思いきったように言った。

「……机が必要じゃないのか……？」

「机、ですか？」

「あの小さな座卓で、食事も勉強もするのだろう？　勉強用に机が……」

必要ならプレゼントしたいと言いたいのを必死に堪《こら》えているのだとわかって、佐那は笑い出したくなった。

この人の厚意は、本当に嬉しいし、ありがたいが……

「必要ありません」

脚を折りたためる小さな座卓は意外に使い勝手がよく、そもそも食事をしながら勉強はしないので、本当に机は必要ない。

家を出て一人暮らしをはじめて、佐那は「一つしか用途のないもの」というのはシンプルな生活には必要ないのだとつくづく感じている。

「だめか」

やっぱり、というように井藤が佐那を見たので、

「だめです」

佐那が思わず笑って答えると……

「きみは、本当に不思議だな」

井藤が狭い玄関で、佐那の顔を正面から見つめた。

「いや、俺は自分が、なんというか……思い込みで突っ走ることがあるのは自覚しているんだが、正面切ってノーと言ってくれる人間は意外にいないものだ。それなのにきみはちゃんと自分の意思で、はっきりノーと言ってくれる。これは俺にとって、嬉しいことだ」

「ノーと言われるのが嬉しいんですか？」

思わず佐那が目を丸くすると、井藤は照れくさそうに笑う。

「それじゃまるでマゾみたいだが……なんというか、対等な立場で話をしてくれる、という感じがする」

若くして成功した経営者である井藤の周囲には、イエスマンとまではいかなくても、最大限井藤の意思を尊重する人間が多いのだろう。

それはもちろん、当然のことだ。

だが、一番上に立つ人間が時として孤独であることは……佐那は自分のこととしてではないが、知っている。

そして、議論や口論が得意ではない自分が、井藤に対してなら軽口のように反対意見を言えることは、なんだか不思議だ。

それが井藤にとって不愉快でないのなら。

「じゃあこれからも……遠慮なくノーと言わせてください」

佐那が真面目な顔でそう言うと、井藤は嬉しそうに目を細めて佐那をじっと見つめ……

それからはっと、何かを思い出したらしい。

「しまった。早速また、いらないと言われそうだ」

「え？」

「車の中に」

くるりと向きを変えて車に戻る井藤を、佐那は慌てて追いかけた。

ナビシートから、井藤は細長い包みを慎重に取り出した。

「これなんだが……これもやはり、受け取ってはくれないだろうか」

なんだろう、と佐那は井藤の腕に抱えられたものを覗き込み……

「これ！」

思わず声を上げた。

「白いラベンダー！」

純白の花が数本開きかけている立派な苗が、そこにはあった。

「通販できる園芸農家を発見して取り寄せたんだが……」

先日、白いラベンダーが欲しいが手に入らないと佐那が言ったのを、覚えていてくれたのだ。

「嬉しいです！」

「受け取ってくれるのか？」

おそるおそる井藤が尋ね、佐那は思いきり頷いた。

「もちろんです、だってこれは……このアパートのものですから」

佐那個人へのプレゼントではなく、アパートの美観のためのもの。

断らずに、堂々と井藤から受け取れることが、佐那も嬉しい。

「よかった」

井藤はほっとした顔になり、佐那は、井藤のしゅんとした顔よりも、嬉しそうな顔を見るほうが自分も嬉しい、と感じていた。

数日後、井藤はまた、今度は昼過ぎに現れた。

部屋の中で、佐那は問題集を広げていた。

階段に防水塗料を塗り、二回目の塗布までに数時間空けなくてはいけないので、その時間を勉強に当てていたのだ。

高校卒業時の学力は維持しなくてはいけないと思い、繰り返し参考書や問題集は開いている。

大学に行くだけのお金が貯まっても、受験前に予備校に行くための金額までは無理だろうから、とにかく自力でなんとかしなくてはいけない。

それでもふと、こんなふうにまず「貯金」を念頭に置いた生活をしているうちに、学んだことを忘れていってしまうのではないか、という不安はよぎることがある。

自分がしていることは本当に正しいのだろうか。

こういうかたちで、兄の反対を押しきって「自活」していることは。

他に道はないと思っても、そんなことを考えてしまう。

なるべくそういう方向に考えが行かないようにはしているのだが、その午後は珍しく、ちょっとした「不安期」が来てしまい、視線は問題集を上滑りしていた。

その時、アパートの部屋の、薄い玄関扉がノックされた。

「佐那くん、いるか?」

井藤だ、とわかった瞬間、佐那の心からすうっと、「先行きへの不安」が消える。

井藤の声は「今現在」を示しているからだろうか。

「はい!」

飛び上がるように立ち、三歩で行き着く玄関の扉を開けると、そこには少し緊張した面持ちの井藤が立っていた。

もしかしたらまた、何か持ってきたのだろうかと、思わず井藤の手に視線をやると、井藤は両掌《りょうてのひら》を顔の高さまで上げて開いた。

「何も! 何も持ってきてはいない!」

慌ててそう言う井藤に、佐那は噴き出した。

「何も言ってません」

「だが思っただろう」

それは事実だ。

「すみません、思いました」

「ものは持ってこなかったが……」

井藤は言葉を切り、それから思いきったように言った。

「食事に行かないか」

「え……」

思いがけない言葉に、佐那は思わず数度瞬きをして井藤を見つめた。

「食事……ですか」

「そうだ。食事をしながら、一度ゆっくりきみと話をしたい。何しろ俺は、きみのことを知らなさすぎるので、もっと知り合いたい」

「知り合う……というのは」

佐那個人の、家族のことはあまり知られたくないのだが……

「なんでもいいんだ、どういう花が好きなのかとか、どういう食べ物が好きなのかとか、趣味とか……そうだ、あと電話のこともだ！」

一番大事なことを思い出したというように、井藤はつけ加える。

「きみは携帯を持っていないと言っただろう？　この先も持ちたくないのか、固定電話を引くつもりがあるのかないのか、ないのだったら俺が連絡したい時には電報でも打つべきなのか、そういうことを」

そういえばそうだった、と佐那は思い出した。

最後に兄に居場所を突き止められた時に、携帯のGPSが原因だと思い当たり、実家に置いてきてしまった。

生花店で働いている間は、店舗の二階に住んでいたので電話など必要なかった。

中古のノートパソコンを持っているのだが、店で飛ばしている電波を使えたのでネット環境もあり、不便は感じていなかったのだ。

そしてここの管理人を引き受けた際、電話についてはそのうち考えますと言ってあり、ネット環境もなんとかしなくてはと思いつつ先延ばしになっていたのだが……確かに、井藤から連絡を取りようがない状態だ。

佐那としても、多忙であろう井藤が、ここまでこのアパートのことを気にかけて関わってくるとは思っていなかったので、後回しになっていた。

「あ、すみません、電話はまだ……」

「待った！」

井藤が大きな掌を佐那の前に突き出して言葉を止める。

「そういう話を、食事でもしながら、と思ったんだ。よかったらその前に、少しその買い物、いや、何か押しつけようというのではなく、楽しめるような趣味的な何かを……映画でもいいし」

これはなんだろう、と佐那は笑い出したくなった。

佐那が女の子だったら、デートに誘われていると思いそうだ。

だがつまり井藤は、佐那の履歴を確認したいわけではなく、人間として、もう少し深く知り合いたいのだと、意図はわかる。

それなら佐那だって、この率直で不器用な男が、実は敏腕経営者であるらしいギャップの部分を、もう少し知ってみたいような気もする。

「そういうことでしたら……はい」

「オーケーしてくれるか！」

井藤の顔がぱっと輝いた。

「今日の午後、これからでは？　どこかに行って、それから食事を……店は任せてもらってもいいか？」

スマートフォンを取り出して早速何か調べようとするので、佐那は慌てて止めた。

「あの、高級レストランのようなところは、どうか」

親族などに出くわす可能性がある。

まさにそういうところを予約しようとしていたのだろう、井藤の手がぴたりと止まる。

「そうか……そうなんだな、わかった」

少ししゅんとして、それから佐那を見る。

「ではきみの希望は？　どこに行って、どういう店で何が食べたい？」

全面的に言うことを聞く、という構えだ。

佐那はちょっと考えた。あまり遠慮しすぎてこの人をがっかりさせたくない。

しかしとにかく、知り合いに会う危険を考えると、都心の繁華街はだめだ。

「じゃあ、このあたりのホームセンターとか、家電量販店とか、家具店とか、車がなければ行けないところに連れていっていただいてもいいですか？」

駅とは反対側の幹線道路沿いには、そういう店がたくさんある。

だが自転車で全部回るには、それぞれが離れすぎている。

井藤の車で連れていってもらえれば助かる。

「もちろんだ」

井藤は勢い込んで頷く。

「で、食事は？」

「大きな回転寿司の店があるんです。ああいうところに行ったことがないので、行ってみたいんですけど……もし昼食がまだでしたら、先にそこへ行くのは……？」

井藤にとっては庶民的すぎるだろうかと、躊躇いながら言うと……

「了解だ！」

井藤は嬉しそうにきっぱりと答えた。


井藤との、回転寿司での食事は、思った以上に楽しかった。

佐那自身はこういう店ははじめてだったのだが、意外にも井藤が「前はよく来た」と慣れた様子を見せる。

幸いすいていて、カウンターではなくテーブル席で向かい合い、流れてくる変わったネタの寿司やデザート類などに佐那が驚いているのを、嬉しそうに井藤は見つめた。

「魚より肉？　やっぱり若いからかな」

生ハムが載った寿司の皿を取った佐那を見て、目を細める。

「あ……すみません、なんだか面白くて。お寿司を食べに来たはずなのに、こういうの、失礼でしょうか」

「とんでもない、こういう店はそういう変なものこそ楽しむべきだ」

井藤もそう言って、カルビ寿司の皿を取る。

「次にオープンするビジネスホテルの一階にファミレスを入れようかと思ってたんだが、回転寿司も面白そうだな」

井藤の視線が一瞬鋭くなり、そういえばこの人はホテルチェーンの社長なのだと佐那も思い出す。

「そういえば、小川《おがわ》さんが、佐那くんによろしくと言っていたよ」

小川というのは、生花店のオーナーだ。

「あ、オーナーはお元気ですか？　お店は？」

「明日オープンだ。張りきっているよ。もともとパーティーの装花がやりたかった人なんだな。センスがいい。きみがいないことを残念がっていた。そのうち時間ができたら、遊びに来たいと言っていたよ」

佐那も、あの店で働いていた間の居心地のよさや、オーナーのさっぱりした人柄などが懐かしい。

「ぜひいらしてください、とお伝えください」

「伝えるよりも」

井藤が思い出した、というように身を乗り出した。

「通信環境をなんとかして、自分で連絡を取ったほうがいいだろう」

「あ……そうですね」

佐那もさすがに、ネット環境は必要だと感じていたところだ。

「何が安いかなと思っているうちに、なんだか後回しになっちゃって」

「提案があるんだが」

井藤が、ちょっと改まった顔になる。

「スマホを、プレゼントさせてもらえないか」

「え……」

それはさすがに申し訳ない、と佐那は躊躇ったのだが。

「これは必要経費だ。きみと連絡を取るために、俺にとって必要なんだ。それとも……あ、あ、そうだ」

言いながら井藤の顔がまた、ぱっと明るくなる。

「俺の名義で、管理人としてのきみに貸与、というかたちなら問題ないか？」

名案だろう、というような井藤の笑顔がまた、何か得意になっている大型犬のように見えて、佐那の口もとが綻ぶ。

それくらいなら……携帯が会社から貸与されることは、普通にあることだ。

佐那にとっても助かることだし、断って井藤をがっかりさせるのも申し訳ないし、そこまで意地になる理由もない、と思う。

「はい、そういうことでしたら」

「よかった！　ありがとう！」

井藤が嬉しそうに、テーブル越しに右手を差し出してきた。

関節のしっかりした、指の長い、男らしい大きな手だ。

「こちらこそ、ありがとうございます」

思わず佐那も右手を出すと、井藤がその手を握ってぶんぶんと上下に振る。

「よし！　じゃあこの後の買い物に、それも入れてくれ。家電量販店が予定に入っていただろう。ああ、よかったよかった」

佐那のほうが井藤に礼を言うべき立場なのに、まるで佐那が井藤に何かしたかのように喜んでくれる。

そしてその井藤の笑顔が、佐那にもなんだか嬉しい。

不思議な人だ、と佐那は改めて思った。

その日の午後じゅう、佐那は井藤と一緒に、あちこちの店を回った。

家電量販店ではスマートフォンを買い「ついでだ」とモバイルワイファイも一緒のプランにして、パソコンでのネット環境も用意してくれる。

家具店では「そういえば、うちにも花瓶くらい必要だ」と言いだし、一輪挿しと、少し大きめのガラスの花瓶をいくつか、佐那に選ばせてくれる。

そしてホームセンターでは、佐那が入り浸っている住宅の補修コーナーや園芸コーナーで、設置されたタブレットで流されている動画を一緒に見て、一緒に感心する。

最後には佐那のほうから、庭に敷く砂利が少し欲しいのだが自転車では持ち帰れないと言って、車に積んでもらった。

「楽しい一日だった……いや、半日か」

日が暮れた頃にアパートに戻ってくると、井藤は言った。

そう、楽しかった。

佐那も素直にそう思う。

井藤と一緒にいるのは、楽しい。気を遣わせまいとする井藤の気持ちが嬉しいし、プライバシーに踏み込んでこないので緊張しないし、何より佐那が、井藤の嬉しそうな様子を見ることで自分も楽しくなる。

「また、こういう日を設けてくれるか」

去り際に井藤がおそるおそるといった様子で尋ね……

「はい」

躊躇うことなく、佐那は頷いていた。


「佐那くん！」

外から声が聞こえ、佐那は急いで立ち上がり、玄関を開けた。

「早かったですね」

「首都高がすいていてね」

笑顔で佐那にそう言ってから、佐那の肩越しに部屋の中をふと覗き込んだ井藤が、訝しげな顔になった。

「……あちらは？」

部屋の中には、二人の男がいる。

どちらもアパートの住人で、五十がらみの今井《いまい》という工場勤めの男と、三十手前の友永《ともなが》というフリーターの男だ。

赤茶けた髪に日焼けした顔の友永が、会釈のつもりなのだろう、井藤に向かって顎を突き出した。

「どうも、お邪魔してます。オーナーさんですよね」

「あ、この人がそうなんだ」

作業着を着た小太りの今井が目を丸くする。

「今井さんと友永さん、二階にお住まいなんです」

佐那は井藤に説明した。

「お二人の部屋の間の壁に穴が開いてしまって、今その相談を」

「穴?」

問い返しながら井藤は玄関に立ったまま、ちょっと躊躇う。

「あ、どうぞ上がってください」

そう言いながら佐那は、そういえば井藤がこの部屋の中に入るのははじめてだと思い当たった。

小さな折り畳み座卓を四人で囲むように座る。

「いや、前から壁にひび入ったりとかしてたんすけど、こないだうっかり壁蹴っちゃったら、ほんとに穴あいちゃって」

友永が申し訳なさそうに言う。

「蹴った?」

井藤が怪訝な顔で尋ねたので、佐那は慌てて言った。

「友永さんは空手を習っていて、型の練習をしてたんですって」

今井も頷く。

「そうそう、俺もそれは知ってたのよ。もともとひびも入ってて、下の線路を電車が通っただけで壁が揺れるような気がしてたんだけど、そこにドンって音がして、漆喰《しっくい》がぱらぱら落ちたなあと思ったら小さい穴が開いて、友永くんが『ごめんなさい』って」

このアパートはもう十年以上住んでいる住人が多く、それぞれに行き来もあって、ぎすぎすした雰囲気にならないのがいい、と佐那は感じている。

「で、その補修をどうするかなんだな？」

井藤の問いに、佐那は頷いた。

「下地を補強して漆喰を塗れば大丈夫そうなので、僕が部屋に入らせてもらって直そうと思って、今その相談をしてたんです」

井藤は呆《あき》れた顔になった。

「やっぱり、自分でやるのか。業者を頼むほうがよくないか」

「いやいや、俺、内装屋でバイトしてたことがあって、あれくらい余裕っすよ。自分でやってよければやっちゃおうと思ったんだけど、佐那くんが、だったらやってみたいって言うから」

友永の言葉に、

「面白いよね、佐那くん。華奢《きゃしゃ》なのに結構いろいろ頑張ってやるよね」

今井がそう頷くのをどことなく複雑そうに聞いていた井藤が、

「とりあえず俺にも見せてくれ」

そう言って立ち上がった。

もちろん佐那たちに異存はなく、四人で二階に上がり、ほどほどに散らかった友永の部屋に入る。

漆喰が三十センチ四方くらいはがれ、下の木枠の中に、指一本くらいは通りそうな穴が開いているのを井藤に見せる。

「なるほどな、穴と言うからびっくりしたが、この程度か」

井藤が頷いた時、アパート全体がぐらぐらと揺れ、漆喰がさらにぱらぱらと少しはがれ落ちた。

「これは？　電車か？」

「ええ、これは特急ですね、時計見なくても揺れでわかります」

今井が得意げにそう言うと、井藤は腕を組んだ。

「土台に問題がないかどうか、一度検査してもらう必要はありそうだな。どっちにしても、壁は佐那くんがやりたいなら、やってみてくれ。難しそうなら業者を頼むから」

「はい」

井藤も、佐那がこういうことを楽しんでやっているのがわかってきたのか、最初ほど反対はしなくなっている。

「座るところもないんであれなんすけど」

友永がそう言って、自分の小さな冷蔵庫を開けた。

「よかったらこれ。今のバイト先でジュース大量に貰っちゃって」

そう言って、中に入っていた缶をぽんぽんと投げてよこす。

「あ、すみません、いただきます」

佐那はオレンジジュースを受け取り、今井はスポーツドリンクを、そして井藤はグレープフルーツジュースらしきものを、それぞれに蓋を開けて飲み——

「あ」

井藤がはっとして、缶から口を離し、まじまじと缶を見た。

「アルコールか」

「え、マジっすか」

友永が慌てて井藤の缶を見る。

「サワーも入ってたの忘れてた。まずかったかな」

「井藤さん、車……なんですよね」

佐那もはっと思い出して井藤を見る。

「どれくらい飲んじゃいました?」

「半分くらい、一気飲みしてしまった」

井藤が困ったようにまた缶をつくづく見る。

「今日はこれから……戻ってお仕事ですか?」

「いや、今日はもう、戻る必要はないので、佐那くんと食事でもと思ったんだが……仕方ない、車を置いて電車で戻るか」

「だったらここに泊まっちゃえば?」

のんきな口調でそう言い出したのは、今井だった。

「佐那くんとこ、家具ほとんどないから余裕でしょ。よかったらオーナーさん、夜中に貨物列車が通った時の揺れ具合、楽しんでってよ」

それは別に皮肉ではないのは口調でわかる。電車の音や振動を苦にする住民ならとっくにここを出ていっているだろう。

今井は電車オタクの気があるらしく、音と振動だけで電車の型を当てられたりするので、こういう言葉が出てくるのだと佐那にはわかる。

「しかし……佐那くんにそんな迷惑はとても……」

井藤が躊躇いながらそう言ったので、佐那は慌てて首を横に振った。

「迷惑だなんて。明日の予定に差し障りがなければ、ですけど……よろしかったら」

車を置いて電車で帰り、明日また車を取りに来るのは大変だ。

「決まり！」

友永が手を叩《たた》く。

「だったらもう、飲んじゃっても大丈夫だよね！　佐那くんとこで鍋でもやらない？」

「いいね、俺のとこに大きめの鍋あるから持ってくよ」

あれよあれよという間に、その夜は佐那の部屋で宴会、ということになってしまった。

「しかしなんというか」

狭い部屋で小さな座卓を囲みながら、井藤が感心したように室内を眺め渡した。

「佐那くんが、こんなふうに住人と交流しているとは思わなかった」

「僕も意外でした」

佐那は微笑んで頷いた。

人見知りの自分が、管理人として仕事の範囲以上に、ここの住民とは打ち解けている。

今も結局、隣の部屋に住む年配の女性ヨシコさんが「にぎやかそうね」と鍋に煮物を持ってきてくれたり、一階の反対端のシングルマザーの矢部《やべ》がヨシコさんに用事があって探しに来て、小学生の息子とともに宴会に参加したりして、六畳の部屋はいっぱいだ。

もともと、井藤がここを相続した親族の老婦人が、そういう下町的な感覚で店子《たなこ》の面倒を見ていた雰囲気がそのまま残っているようだ。

「でさ、佐那くんもイトウさん、オーナーさんもイトウさんだけど、親戚とかじゃないんだ」

今井の言葉に、まだ酒が飲める年齢には少し足りない佐那は、麦茶を飲みながら頷いた。

「そうなんです。字も違いますし」

「へええ、仲よさそうだし、てっきりイトコとか、そんな関係かと思った」

「仲が……よさそうに見えたかな」

ビールの缶を口もとに運びながら井藤がちらりと佐那を見る。

「で、どうしてその井藤さんが、佐那くんを管理人としてスカウトしたの？」

「前のバイト先で一目惚《ひとめぼ》れしてね」

そう言ってから、井藤は慌てたようにつけ加えた。

「いやその……変な意味ではなく、佐那くんの仕事ぶりというか、気遣いとか、そういうものに」

「そんな」

変な意味とはなんだろうと思いつつ、佐那は首を振る。

「僕のバイト先が移転することになって、井藤さんが新しいバイト先を見つけてくれたんです」

「そうなんだ。佐那くんて大学に行くのに、学費貯めてるんだよね」

「あらそうなの、すごい」

ヨシコさんが目を丸くする。

「佐那くんは苦労人なのねえ」

佐那をイトウさんと呼んでいたが、紛らわしいので全員が、佐那を下の名前で呼ぶと決めたらしい。

「そんな」

佐那は顔の前で両手を振った。

苦労人などと言われるほどの苦労をしているつもりはない。

「ご両親は？　ご健在なの？」

ヨシコさんが少し踏み込んだ質問をしたが、佐那は構えずに答えた。

「もう、どちらもいないんです」

これくらいのことなら、言っても別に構わないだろう。

「そっかあ、じゃあ高校ぐらいからバイトしてたって感じ？」

友永の言葉に……

「いいえ。高校はバイト禁止だったし、寮に入っていたので――」

「寮？」

今井が目を丸くした。

「寮に入るような学校って、結構いいとこなんじゃないの？」

「そうだよねえ、お金持ちが行くイメージ」

友永が頷き、佐那はしまった、と思った。

くだけた気の置けない雰囲気なので、思わず口を滑らせてしまった。

自分がどういう育ちなのか、仄《ほの》めかすつもりはなかったのに。

こういうちょっとした不注意が、いつどうやって兄や親族に繋《つな》がって見つけられてしまうかわからないというのに。

「ああ、確かに佐那くんて、お坊ちゃん育ちっていう感じがする」

シングルマザーの矢部までそう言い出し、佐那はうろたえた。

「いえ、あの、そういうわけじゃ」

首を振りながらも、いったいどう繕ったらいいのかわからない。

すると、

「いや、俺も高校は寮だったけど、別にそんな感じじゃなかったな」

隣に座っていた井藤が、ごく自然な口調でそう言ったので、佐那は驚いて井藤を見た。

井藤はにやりと笑う。

「逆にものすごい田舎《いなか》だと、地元に適当な高校がなくて、少し離れた高校に進学する時は、寮とか下宿が普通だった」

そう……なのだろうか、佐那はそういう環境のことはよく知らない。

「へええ、そうなんだ。井藤さんもなんとなく、都内の中高一貫ってイメージだけど、違うんだね」

今井が感心したように目を丸くする。

「いやいや、中学に行くには徒歩一時間だったし、一クラスしかないし、なかなかの田舎育ちだ」

「へええ、それで確か今……ホテルチェーンを経営してるんすよね？　すごいなあ。田舎でも、もともと資産家とかでしょ、それ」

「基本的に、学生時代に投資で成功したのが今の事業の元だし、大学に入って間もなく親も亡くしているんだが」

井藤は自慢するふうでもなくさらりと言って、横にいる佐那を見た。

「佐那くんと違うのは、大学に入るところまでは親がいて、学費も残してくれたところだな。佐那くんの苦労に比べると、俺など本当に甘い」

「そんな」

佐那は恥ずかしくなって俯《うつむ》いた。

井藤の話を聞くと、井藤こそ苦労していて、そして自分の力で今の地位を築き上げたすごい人だと思う。

高校まで経済的な苦労などまるでなしに育ってきた自分とはまるで違う。

今自分が、自力で大学に行こうとしてこういう生活をしているのは、言ってみれば「好きでしている苦労」なのだから。

「そもそも、大学行って勉強しようって発想が、俺にはなかったもんなあ」

友永がそう言いだし、

「こういう大人になっちゃいけないよ」

矢部が連れてきた小学生の息子に今井がふざけて諭し、話題はそれぞれの高校時代のことに流れていって、佐那はほっとしながらも、嘘をついている自分が恥ずかしいと感じていた。

やがて鍋の中身も空になり、そろそろ解散という空気になって、佐那は布団をどうしようかとふと気づいた。

「井藤さん、枕はバスタオルを畳んだものでも大丈夫ですか?」

「もちろんなんでもいいが」

井藤ははっとして、押し入れのほうに目をやった。

「もしかすると……布団が?」

「一組しかないんですけど……でも大丈夫です!」

実は、井藤に泊まってもらうことにした瞬間から、佐那はちゃんと考えていた。

「敷き布団はどうぞ使ってください。僕は座布団二枚で大丈夫ですから。この気候ですから、掛け布団も井藤さんに使っていただいて、僕は毛布で……」

「いけない！　それはいけない！」

井藤が驚くような大声を出す。

「私が座布団でいい。きみにそんな迷惑をかけるわけにはいかない」

「迷惑なんかじゃ……本当に大丈夫です」

「いや、だったら私は……そうだな、車で寝たっていいんだ、うん、そうしよう」

「車で一晩って、結構身体痛くなっちゃうよ」

口を挟んだのは今井だった。

「別に男同士なんだし、同じ布団で寝たっていいような気がするけど」

「同じ布団……と、とんでもない」

井藤が強く首を振り、佐那もさすがにそれは無理だと感じる。井藤の体格からいって、普通のシングルの布団でも窮屈そうだ。

「あの……」

小声で口を挟んだのは、矢部だった。

「うちに予備の布団があるので、それを使って？」

「え」

井藤と佐那が思わず矢部を見ると、

「あ、なんだ、解決じゃん」

友永が拍手する。

「よかったよかった」

「ほんと」

今井とヨシコさんも同調し、佐那も、それならありがたく厚意に甘えようと思った。


家具がろくにないとはいえ、六畳間に布団を二組並べると、距離は近い。

銭湯は少し遠く、もう終わってしまっているので、井藤に台所の流しで顔を洗うよう勧め、その間に佐那はTシャツと短パンの寝間着に着替えたが、さすがに井藤に着てもらえるようなサイズの私服はない。

井藤は部屋に戻ってくると、

「失礼」

そう言いながら着ているものを脱いでいく。

「ハンガーにかけますね」

佐那はスーツの上下とワイシャツを受け取ってハンガーにかけ、それを押し入れの前にぶら下げる。

井藤は、グレーのランニングと黒のボクサーショーツ姿になった。

先ほどまであんなににぎやかだった部屋の中は、今はぎこちない沈黙が支配していて、衣擦《きぬず》れの音だけが妙に響く。

それがどうしてか気恥ずかしく、佐那は井藤のほうにちらりと目をやった。

スーツを着ている時よりも、胸板や肩幅が目立ち、適度に鍛えた筋肉質の男らしい身体だとわかる。

井藤は佐那と視線を合わせず「こっちでいいんだな」と言いながら、矢部から借りたほうの布団にするっと入った。

佐那も自分の布団に入ろうとし、ふと気づいて尋ねる。

「電気……小さいの、つけておいても大丈夫ですか? 真っ暗じゃないと眠れませんか?」

佐那自身は、真っ暗闇だとちょっと不安だ。それでも、井藤が暗くしてほしいと言えば、一晩くらいはなんとか、と思ったのだが……

「どっちでも、どういう環境でも眠れるから」

井藤が真面目にそう言ってくれたので、佐那は小さな灯《あか》りだけを残して電気を消し、布団に入った。

こうやって横になってみると、やはり井藤との距離はかなり近い。

呼吸の音がすぐ横で聞こえそうだ。

父とも兄ともこんな距離感で寝たことはないし、高校の寮も個室だったから、誰かの気配をこんなに間近に感じながら寝るのははじめてかもしれない。

そして、佐那は左を下にしないと寝つけないのだが、そうすると、伊藤のほうを向く格好になってしまう。

反対に敷けばよかった、と思いながらも佐那が横向きになると、仰向《あおむ》けだった井藤も同時に佐那のほうに向きを変え、目が合った。

「あ……すまない」

井藤が慌てたようにそう言って、また仰向けになる。

「こちらこそ……すみません」

どうしてこんなにぎくしゃくした会話になってしまうのだろうと思いながら、佐那も慌てて仰向けになる。

「……きみは」

やがて井藤が、低い声で言った。

「こういう暮らしを、ずっとしているんだな」

佐那は井藤の言葉の奥にあるものがわからず、答えられない。

こういう暮らしとは、かろうじてではあるが自立して、自活して、目標を定めて生きている、自分としては充実していると思っている生活のことだろうか。

それとも……井藤から見ればおそらく「貧乏暮らし」に見える、経済的な状況のことなのだろうか。

後者だとすると、高校までは恵まれすぎているくらいの生活だったので、否定しなくては井藤に嘘をついていることになる。

「……僕は……」

どう答えようかと躊躇いながら口を開くと、井藤が顔をこちらに向け、微笑んだ。

「ああ、いや。俺は時々、自分の原点を忘れそうになる。それをきみが思い出させてくれる……それだけのことだ。きみの暮らしをどうこう批評するつもりはないんだ」

薄明かりの中で、陰影の深い井藤の笑みが、深く佐那を包み込むような優しさを帯びているように見える。

そして距離が近いせいで、声は低く、息を多く含んで、囁《ささや》きのように聞こえ……それが胸の中に直接響くように感じる。

佐那の耳に、自分の鼓動が大きくなったように響いた。

この距離の近さは、なんというか、物理的な近さではなく……井藤という、はっきり言ってまだよく知らない人の本質の部分が、自分の深いところに触れているような、不思議な感覚だ。

これはなんだろう。

佐那は無意識に井藤の目をじっと見つめていたらしく、井藤がその目を、少し困ったように細めたので、それに気づいた。

気恥ずかしくなってそらそうとした視線が、どうしてかそらせない。

だが……薄闇の中で、隣に横たわる男と、こんなふうに見つめ合ったままでは眠れない。

どうしよう、と思った時。

ふいに、がたがたがたがた、とアパート全体が揺れた。

「お」

井藤が驚いたように目を見開き、視線を天井に向ける。

「電車か」

「ええ、最終の一本前だと思います」

佐那はどうしてかちょっとほっとしたような気持ちで答えた。

「これできみは眠れるのか?」

「最初はちょっと驚きましたけど、意外と慣れます。皆さんそう言ってます。誰かの話し声とか生活音より、ずっと気にならないって。そういう生活音も、このアパートみたいに住人が親しくつき合っていると、気にならないみたいです」

「そういうものか」

井藤は感心したように言い、それからふっと口もとを綻ばせた。

「じゃあ俺も、ここでの眠りに期待してみよう。おやすみ」

「……おやすみなさい」

誰かとこんな会話を交わしたのは何年ぶりだろう、と思いながら佐那も答える。

やがて、井藤が規則正しい穏やかな寝息をたてはじめたのがわかり……それを聞いているうちに、佐那は深い眠りの中にいた。


翌朝、井藤は寝癖のついた頭のまま、昨日一日着てさすがによれた感じのワイシャツを着ると、ネクタイは締めずに飛び出していった。

車でまず自宅に戻り、シャワーを浴びて着替え、それから電車で仕事に出るらしい。

アパートの前まで出て井藤の車を見送り、ゴミ置き場のチェックをしていると、住民も次々に出勤していく。

「お気をつけて」

一人一人に「行ってらっしゃい」の声をかけると、アパートの建物に残るのは隣のヨシコさんと佐那だけだ。

アパートの周りを一巡りして異常がないか確かめ、今日やる作業を頭の中で組み立てながら部屋に戻ると……佐那は、畳の上に何か見慣れないものがあるのに気づいた。

慌てて拾い上げてみると、スマートフォンだった。

井藤のものだ。

スーツのポケットにでも入っていたものが、落ちたのだろうか。

どうしよう。

これがないと、困るはずだ。

佐那が聞いた井藤の電話番号はこのスマホのものなので、連絡の取りようがない。

どうしようもなく、佐那が作業をしていると、二時間ほど経って佐那のスマホに電話がかかってきた。

登録していない番号だが、とっさに「もしや」と思い電話に出る。

「佐那くん？　出てくれてよかった、井藤だ」

「スマホですよね？」

「ああ、やっぱりそこか！」

井藤はほっとしたように叫んだ。

「実は、なるべく急いで、中にメモしたものが必要なんだ。クラウドに上げておけばよかったんだが……パスワードを教えたら、メモを探してメールで送ってもらうことはできるかな」

「え、ええと、あの」

佐那は昨日買ってもらったスマホの扱いにもまだ慣れていない。以前持っていたものは井藤のものと型が違ったし、そもそも通話とメッセージアプリと、ネット検索くらいにしか使ったことがなかった。

パスワードまで教えてもらって、何か操作を誤って、取り返しのつかないことになったら大変だ。

「……すみません、ちょっと自信が」

情けないが、正直にそう言うしかない。

「そうか、いやすまない、それはそうだ。だったら急いで誰かに取りに行かせるか……」

井藤の言葉に、佐那は急いで、考えを巡らせた。

誰かが取りに来る往復よりも、自分が届ければ片道で、時間は半分で済む。

「僕が、届けに行きます。どこに行けばいいですか」

「いや、それは助かるが」

井藤の声にほっとした響きが籠《こ》もったが、すぐに口調が変わる。

「届けてほしいのは日比谷《ひびや》の本社なんだ。きみにはちょっと、その」

──人混みが苦手。

生花店の、丸の内のホテルへの移転についていくのを断った時に、佐那はその口実を使った。

後ろめたさが背筋をひやりとさせる。

「いえあの、通勤時間帯じゃなければ……大丈夫です、生花店でも、電車で配達とかはしていたんですし」

「そういえばそうだったか」

井藤も、そもそもの佐那との出会いを思い出したらしく、

「それじゃ、すまないが頼む、今きみのスマホに、会社の住所と地図を送るから」

早口でそう言って、電話を切った。


井藤の会社は、日比谷のオフィスビルの中にあった。

佐那は「知り合いに会う」可能性を考えたあげく、清潔ではあるが着古した感のあるTシャツの上に半袖のフード付きパーカーを着た。

都心の駅に降り立ったら、浅くではあるがフードを被り、そして度の入っていない黒ぶちの眼鏡《めがね》をかける。これは最後に家に連れ戻された後に手に入れたものだ。

怪しすぎる下手な変装だとは思うが、もともとの佐那の、お坊ちゃん然としてきちんと身なりの整った様子しか知らない人は、ちょっと見たくらいでは佐那だとは思わないだろう。

ガラス張りの、途中までが商業施設になったビルに入り、まるで駅の改札のようになっ

ているオフィスフロアの入り口で、受付から井藤を呼び出してもらう。

井藤の会社は、このビルの上層階をワンフロア使っているようだ。

やがてエレベーターホールから急ぎ足で井藤が出てくるのが見えたので、佐那は眼鏡を取り、フードを脱いだ。

「わざわざありがとう、すまなかったね」

井藤が駆け寄ってきたので、改札越しにスマホを手渡そうとすると、井藤は慌てて佐那にプラスチックのカードを差し出した。

「これで、中に入ってくれ、頼むから」

佐那は躊躇ったが、ここで押し問答していても目立つと思い、カードを受け取った。

来客用のＩＤカードらしく、改札にそれをかざすと、ゲートが開いて中に入れる。

「やあ、本当に助かった、本当にありがとう。せっかく来たんだから、このまま帰らずにちょっとだけつき合ってくれ」

井藤はそう言って、エレベーターで井藤の会社の階まで上がる。

絨毯《じゅうたん》敷きの廊下の片側にはガラス越しにオフィスが見え、三十人ほどの人々がデスクに向かっている。

奥まったところに重々しい木目の扉があって、そこがどうやら社長室らしく、井藤は佐那を中に通した。

「ちょっとそこに座っていてくれ、いいね？」

逃げないでくれ、とどこか必死な感じがその口調から伝わってきて、佐那は頷き、井藤が示した革張りのソファセットの端にちょこんと腰を下ろした。

井藤は佐那が届けたスマホを手にして何か操作し、それから壁を背にしたモダンなデスクの上にあるパソコンに触れる。

すぐにデスクの上の電話が鳴り、井藤は受話器を取った。

「開けたか？　そう、そのファイルだ。急いでそれを見積もりに加えて、先方に送ってくれ。待たせて悪かった」

それだけ言って受話器を置くと、またパソコンに目をやり、真剣な顔でキーボードを叩く。

佐那は思わずその井藤の姿をじっと見つめた。

佐那が知っている井藤は、オーダーメイドのスーツが似合う長身の美男子なのに、どこかそそっかしく不器用で、大型犬じみた男だ。

だが今こうしてオフィスにいる姿をほんの数分見ただけで、なるほどさすがはホテル界の風雲児と言われるような、いかにもできる男、という感じでどこか近寄りがたくさえある。

学生時代に投資で資金を作り、ゼロから出発してここまで来たらしい井藤は、相当に頭も切れ、行動力もあり、おそらく人望もあるのだろう。

佐那の脳裏にふと、父や兄の姿がよぎる。

やがて井藤が「よし！」と小さく言って顔を上げ、佐那を見た。

厳しく真剣だった表情が、一瞬にして照れたような笑みに変わる。

「緊急の用件は片づいた。それで、今から昼飯をどうかと思うんだが」

佐那は思わず、壁にかかっていた時計を見た。

十一時半過ぎだ。

「ここから移動して、食べはじめてちょうど昼かな。丸の内の、うちのホテルの」

聞きながら佐那の表情がこわばったのを察してか、早口で井藤はつけ加える。

「人混みは通らない。ロビーも通らない。裏から入って従業員用の裏動線を通って、レストランの個室に入る。それなら？」

人混み恐怖症という佐那の方便を真に受けて気遣ってくれているのが、心苦しく申し訳ないと佐那は思う。

「いえ……こんな届け物くらいで、そんな。それにこんな格好だし……」

「個室だから服装は気にしなくていい。それにこれは、礼というよりは、俺の頼みなんだが……一緒に飯を食ってほしい、という」

井藤は懇願するように言ってから、はたと気づいたように言った。

「小川さんにも会えると思う。ちょっと待ってくれ」

再びパソコンのマウスを操作して何か確認する。

「午後から宴会場の装花に入っていると思うから、そこに行ってみるのは？」

世話になった生花店のオーナーには、佐那も会いたいと思う。

「でしたら……」

躊躇いながらも頷くと、

「決まりだ！」

井藤は嬉しそうに言って、勢いよく椅子から立ち上がった。


ホテルの搬入口の横にある従業員入り口には、蝶《ちょう》ネクタイを締めたグレイヘアの男が立っていた。

「支配人の榊《さかき》さん」

井藤が佐那に紹介すると、

「お待ちしていました、どうぞこちらへ」

榊は佐那に丁重に挨拶し、先に立って通路へ導く。

「個人的な、大事なお客なんです。手間をかけて申し訳ありません」

井藤が榊に言った、その丁寧な言葉遣いに佐那ははっとした。

年齢はもちろん榊のほうが上だし、おそらく榊は長くホテル業界にいて、この新しいホテルの支配人として引き抜かれたのだろうという佇《たたず》まいだ。

そういう人に、横柄にならずに丁寧語で接する井藤の、経営者としての器の大きさがわかる。

「いえいえ、裏動線をご案内できるのも、面白い機会ですし」

榊も微笑み、段ボール箱などが積み重なった通路を抜け、無骨な業務用のエレベーターに案内する。

ジャケットを着ていない、シャツを腕まくりした従業員数人と乗り合わせたが、彼らはちょっと驚いたように顔を見合わせ、無言で頭を下げただけだ。

社長が来たからといって慌てて取り繕ったり態度を変えたりしない、そういう方針が行き届いているのだろう。

そして数分後には、本当に一度も一般客と顔を合わせないまま、佐那と井藤はレストランの個室で向かい合っていた。

「ごゆっくりどうぞ」

好き嫌いやアレルギーなどがないのを佐那に確認してから、支配人はそう言って部屋を出ていく。

やがて重すぎないランチのコースが運ばれてきた。

石焼きの牛ヒレをメインにした、見た目も美しいコース料理は佐那が久しぶりに目にするタイプのものだ。

しばらくは食事をしながら前夜のアパートでの宴会の話や、アパートのリフォームの話、井藤の経営するホテルの食材の話など、当たり障りのない会話を穏やかに楽しんでいたが
……

デザートのシャーベットとコーヒーが運ばれてくると、井藤が少し居住まいを正した。

「佐那くん、きみにその……頼みというか、願いというか、申し込みというか……ええい、言葉が見つからないが、その、言いたいことがあるんだが」

「なんでしょう」

佐那はちょっと驚きながら、井藤の顔を見た。

井藤はかなり緊張した様子で、佐那を見つめている。

やがて井藤は思いきったように言った。

「もしきみに、好きな人やつき合っている人がいないなら、俺とつき合ってもらえないだろうか」

佐那は……無言で、井藤を見つめ返した。

つき合う。

今もこうして、食事につき合っている……いや、もちろんそういう意味ではない。

それはわかる、が。

「ええと、あの」

「突然こんなことを言って申し訳ない」

井藤は額に汗を滲《にじ》ませている。

「なんというか、率直に言うと、きみが好きなんだ。これはつまり、どうやら、恋愛感情というものだ」

つまり……井藤は、佐那に、恋の告白をしているのだ。

そう気づいて、佐那は頬がじんわりと熱くなるのを覚えた。

こんなことは、生まれてはじめてだ。

恋の告白などしたこともされたこともない佐那は、とっさにどう反応したらいいのかわからず無言でいると、

「突然すまない、なんだかどうしても黙っていられなくなって」

井藤がナプキンで顔の汗を拭った。

「いや、迷惑だったらそう言ってくれ。というか、迷惑だな、もちろん。気を悪くさせただろう。本当にすまない」

「め、迷惑なんかじゃ」

ようやく佐那は言うべき言葉を見つけた。

「気を悪く、なんて……そんな」

「じゃあ」

井藤の顔が一瞬ぱっと明るくなるが、はたと気づいたようにまた蒼《あお》くなる。

「いや、きみは優しいからそう言ってくれるにしても……なんというか、先に尋くべきだった、同性から寄せられるこういう気持ちを、きみが理解できるかどうか……受け入れられるかどうか。だがどうも、遠回しに尋ねるのは難しくてね」

そこではじめて佐那は、井藤が不安に感じているのは「同性」という部分なのだと気づいた。

身近にそういう人がいた経験はないが、好きになるのに性別とか、その他の属性は関係ない、というのはたぶん、受け入れられることだと思う。

佐那の中には、そういう偏見はない。

ただ、これまであまりにも「恋愛」とは無縁の生活をしていたので、自分にそういう感情があるのかないのか、それすらも自信がない。

井藤は緊張した面持ちで、佐那が何か言うのを待っているように見える。

黙っていればいるだけ井藤を狼狽《ろうばい》させるだけだ。

井藤を困らせたり気まずい思いをさせたりはしたくない。

「あの……あの、僕」

だったら何か言わなくては……自分の思っていることを、正直に。

「そもそも恋愛って……経験がなくて……よくわからなくて」

井藤が驚いたように眉を上げる。

「ああ、そういう……つまり、誰かをちょっと好きになったことも？　たとえば幼稚園時代に遡《さかのぼ》っても？」

「好き……になったのは、それは、友達とか、家に出入りしていた人とか、いろいろありますけど……恋愛かどうかは……」

いったい「好き」はどこから恋愛になるのだろう。

小説とか、映画とか、そういうものの中の恋愛は佐那の気持ちに「これだ」と響いたことは一度もなく、恋愛そのものにあまり興味を持たずにこの年まで来てしまった。

「じゃあ、たとえば」

井藤が、気を取り直したように座り直した。

「恋愛かどうかは置いておいて、俺にその……普通に、人間として、好意は持ってくれているだろうか？」

「それはもちろんです！」

思わず佐那の声に力が入る。

最初の出会いから、井藤には好印象を持っていた。先日、ホームセンターや家電量販店に一緒に行った時も、とても楽しかった。それは好感を持てる相手だからこそだ。

井藤は少し言葉を探す。

「……では、俺がきみを好きな気持ちが恋愛感情だと言っても？　それでもいやな気持ちにはならないだろうか？」

佐那は少し考え、そしてきっぱりと答えた。

「いやなんかじゃ、ないです」

誰かが自分に好意を持ってくれることをいやだなどと思うはずがない。

井藤がさらに慎重に尋ねる。

「では、その……自分のこととしてではなくても、同性同士の恋愛というものに、嫌悪感などは？」

「それも、ありません」

同性からの告白を、他人事や一般論としてではなく自分のこととして考えても、今、嫌悪感などはまったく感じていない。

「それじゃあ」

井藤は真面目な顔になり、テーブル越しにわずかに身を乗り出した。

「ちょっと、考えてみてくれないだろうか、俺とつき合う、ということを。もちろんすぐに恋人になってほしいというようなことではなく、ゆっくり俺という人間を知る時間を作ってみてほしい。もちろんそれで、きみが俺に恋愛感情など持つのは無理だとわかれば、俺は諦めて、なんというか……友情で、満足する」

「時間を、作る？　それが、おつき合いをする、ということ……ですか？」

「そうだ」

井藤は頷いた。

時間を作り、佐那自身が井藤に対して恋愛感情を持てるかどうか確かめる。だめならだめで仕方ない……ということなら。

もちろん、断る理由はない、と思うのだが。

ここでイエスと答えることで、井藤との関係がどう変化するのか、佐那には今ひとつ実感が湧かない。

「じゃあ……今と、何か変わりますか？」

時々会って、楽しい時間を共有するということなら、すでにそうなっている気がする。

その結果佐那は今、井藤という人に、人間として好感を抱いている。

いきなり恋人になるのではなく、今までと同じように過ごすというのなら、「つき合う」という言葉で何が変わるのだろう。

すると井藤は、真っ直ぐに佐那を見つめて言った。

「俺にとって、きみとつき合うというのは……下手な口実を設けずに、会いたいからという理由できみに会える、という状態のことかな」

下手な口実を設けずに、会いたいから会う。

「あ」

佐那はようやく理解した。

つまり今まで、井藤は佐那に会うために、いろいろ口実を探していたのだ。

アパートの管理や補修の様子を見るとか、忘れ物を届けたお礼とか。

そしてつき合うというのは、そういう理由付けなしに、ただ会いたいから、会う。

たとえば佐那が……本当に理由なく、井藤の顔が見たいと思えば、連絡をして会う。

そういうふうに……垣根がひとつなくなるということだ。

他の人とは違う、特別な距離感になる。

井藤と。

そう思ったら、なんだか急に気恥ずかしく、くすぐったいような不思議な気持ちになってくる。

井藤がじっと、返事を待つように自分を見つめているその視線が、急に眩《まぶ》しく思えてくる。

ちゃんと答えなくては。

井藤は真剣に、そして佐那に拒否されるかもしれないと思いながらも、思いきって言い出したことなのだから、自分も誠実に答えなくては。

　だが、佐那の中にはかすかな不安がある。

　ホテルチェーンの経営者という井藤の立場は、佐那が関わりたくない兄や親族たちと行動範囲が重なる可能性がある。

「あの……あの、お尋きしてもいいですか」

「なんでも」

　井藤が勢い込んで頷く。

「その……僕は、出かけられる範囲が……その」

「もちろん、きみが好きなところで会う。俺はつまり、きみが喜ぶようなことをしたいと思っているわけだから」

　きっぱりと井藤は言った。

　ということは……親族とばったり出会う心配が特に大きくなるわけではない。

「それと……あの、僕は勉強とかもしなくてはいけないので……」

「当然だ。きみの生活パターンを乱したり、負担になるほど時間を取らせたりするつもりはない。断りたい時には、俺の誘いははっきり断ってくれていい」

　そこまで井藤は、佐那の意思を尊重してくれるのだ。

　そして佐那は、井藤のそういう言葉にほっとしていることにも気づいた。

つまり……自分は断りたくない……断るつもりはないのだ。

じっと、佐那の次の言葉を真剣な顔で待ち受けている井藤に、それを言わなくては。

いやではなく、断るのではなく、つまり。

「じゃあ……そういうことなら……お願いします」

ようやく佐那はそう言いながら、さらに頬が熱くなるような気がしてくる。

「本当に⁉」

井藤の顔からこわばった緊張が瞬時に消え、ぱっと笑顔になる。

それがまた、おあずけを解かれた大型犬のように見えて、佐那は思わず微笑んだ。

そう、井藤のこういうところは好きだ、確かに。

それがはたして「恋愛感情」になるものなのかどうかはまったくわからないけれど。

「では……では、そうだな、よろしく頼む」

井藤がにわかにぎこちなくなった口調でそう言いながら、テーブル越しに手を差し出してから、はたと気づいたように口ごもる。

「……握手というのも変か……すまない、俺は相当舞い上がっているな」

佐那は笑い出したくなるのを堪えながら、自分も手を差し出した。

「いえ、あの、僕もどうするのが正しいのかわからないんですけど、でも」

「じゃあ」

改めてテーブル越しにしっかりと握手をする。

なんだか国際外交のワンシーンのようだと一瞬頭の隅で思ったが、井藤の大きな手にしっかりと握られると、不思議な安心感がある。

この人は、大人の男なのだ、ということを改めて感じる。

この瞬間から、自分は井藤と「つき合っている」ことになったのだ。

それで、この手を……どういうタイミングで、どちらから離せばいいのか。

井藤も同じように戸惑っているようで、握手の状態のまま数秒経った時、レストランの厨房《ちゅうぼう》のほうからだろうか、何かの時報が鳴るのがかすかに聞こえた。

はっとして、同時に手を離す。

井藤が確認するように腕時計を見る。

「一時か。宴会場で仕事をしている小川さんのところに連れていこう。俺はそのまま仕事に戻らなくてはいけないが、一人で帰れるか?」

「はい、大丈夫です。あの……」

佐那は食事の終わったテーブルを見た。

「ごちそうさまでした。なんだかすみません、いつも」

「いや」

井藤が首を振り、照れくさそうに笑う。

「デートの費用は、俺に持たせてくれ」

デート。

口実なしに食事をすることを、そう言うのだ。

佐那はまた、耳まで赤くなった。

そして経済力のある年上の人との「デート」では、それは甘えてしまってもいい部分なのだろうか、と思う。

「ああ、すまない、俺は浮かれているな」

佐那の戸惑いをどう解釈したのか、井藤は慌ててつけ足した。

「こういうことは、俺が勝手にしたいことで……だからといって、俺に恋愛感情を持たなくてはとか、そういう負担には感じないでくれ。きみが無理だと思ったら、それは無理なことなんだから。ただ俺は」

井藤の顔が、すっと真面目なものになった。

「俺はただ……きみの苦労を少しでも支える人間になれて、いつかきみが俺を、無条件に頼ってもいい相手だと思ってくれるようになれば嬉しい。それだけだ」

無条件に頼っていい相手。

佐那はその言葉にどきっとした。

自分には今まで……そんな人はいただろうか。

両親は別だ。だが、両親が亡くなってから、そういう人はいなかった。

この井藤という人を、そんなふうに思ってもいい、思える日が来るのだろうか。

それはなんだか想像がつかない。

考え込みそうになった佐那に、

「いやいやいや、深く考えないでくれ。とりあえず、今週はちょっと忙しいんだが、時間ができたら連絡するから、また食事をしよう」

軽い口調でそう言って、井藤は立ち上がった。


小川と久しぶりに会って互いに近況を話し、アレンジメントを少し手伝ってから、佐那は帰途についた。

電車の中で改めて、「自分は井藤とつき合うことになった」という思いがけない状態を嚙み締める。

井藤との会話を、今朝《けさ》かかってきた電話まで遡り、ひとつひとつ思い出しながら。

そして佐那は、井藤の最後の言葉を思い出して、はっとした。

井藤は「きみの苦労を少しでも支える人間に」なりたいと言ってくれた。

それは……それは、佐那の今の状態を「苦労している」と思っているだけではなく、もしかしたら「ずっと苦労してきた」と思っているのだろうか。

ふと、以前井藤が佐那の手を取って「苦労している手」だと言ったのを思い出す。土に汚れた佐那の手は、その前に生花店の仕事でかなり荒れていたが、その手を見て井藤は、佐那が貧乏な家庭の育ちで、ずっと苦労してきたゆえの手だと思ったのだろうか。

でも、それは違う。

——いつか、言わなくてはいけないのだろうか。

佐那がどういう家の出で、どういう育ち方をしてきたのか。

苦労などとは無縁の育ちだと知ったら……井藤はどう思うだろうか。

佐那のことを好きだと言った、その気持ちが変わるだろうか——もし井藤が「これまでずっと苦労してきた佐那」を好きだと思ってくれているのなら。

佐那は心臓がばくばくと音を立てはじめるのを感じた。

もしかしたら自分は井藤を騙《だま》していることになるのだろうか？

だが、だからといっていきなり、自分の履歴をすべて井藤に打ち明けることはできない、それは無理だ。

井藤の口が軽いなどと思っているわけではないが、それでも用心に用心を重ねないと、いつ兄や親族に見つかってしまうかわからない。

自分はまだ——そこまで井藤を信頼できるかどうか、わかっていない。

アパートの最寄り駅に着き、佐那は電車を降りながら、この電車に乗った時にはただ照れくさいような、どこか浮き立った気持ちでいたのに、降りる時には心に棘《とげ》がひっかかってしまったのを感じていた。


「矢部さん」

その夜、一階のシングルマザーの矢部がもう帰っている時間だと見当をつけて、佐那はドアをノックした。

「管理人の伊藤ですけど」

そう言って返事を待つと、中では何か、焦った声で電話をしているような声がする。

出直したほうがよさそうだと思った時、

「ママ、佐那くんだよ」

小学生の息子の声がして、扉が開いた。

「あ、ちょっと……ちょっと、切るから」

佐那と目が合い、母親の矢部が慌てたように電話を切る。

「すみません、出直します、布団をお返ししていいか尋こうと思って……」

そう言いながら矢部の顔を見て、佐那ははっとした。

矢部の目が赤い。

だが、立ち入ってはいけないと思い、扉を閉めようとする。

しかしその前に、矢部が玄関まで駆け寄ってきた。

「あ、あの！」

すがるような目で佐那を見つめ、そのまま絶句する。

「どうしました？」

佐那はなるべく穏やかで落ち着いて聞こえるように、と思いながら尋ねた。

「何かお困りでしたら……」

「困ってるの」

そう言うなり、矢部は両目から涙を溢《あふ》れさせた。

「あ、ごめんね、こんな……でもどうしていいのかわからなくて」

「ママ！」

息子の拓也《たくや》が、つられて泣きそうになりながら母親の腰のあたりにしがみつく。

「……お話を、伺いましょうか、僕に何かできることがあれば」

たぶん管理人としてできる範疇《はんちゅう》のことではないと思いながらも、佐那はそう言わずにはいられない。

この母子が、かなり困窮しているらしいことはうすうすわかっている。

矢部が昼は駅前のスーパーでパートをし、夜は夜で、濃い化粧で別な仕事に出かけていることも。

そして息子の拓也は、学校から帰ると一人で留守番をしており、隣人のヨシコさんが夕食を食べさせたりしていることも。

それでも矢部は会うといつも明るい笑顔で、拓也も元気で素直な子で、アパートの住人たちに好かれている。

「あの、あのね」

矢部は手の甲で涙を拭い、鼻をすすってから、思いきったように言った。

「大金が必要になって」

「お金、ですか」

矢部は頷く。

「夜の仕事のほうで……あたしの客の売り掛け金が回収できなくて……今週中に、あたしがそれを払わないといけないいんだけど……」

「売り掛け金……？」

状況が飲み込めずに佐那が尋ねると、矢部は目を赤くしたまま苦笑した。

「ごめん、佐那くんにはわからないわよね。夜の店でね、自分のお客の代金を、自分で立て替えるのよ。で、自分で客から回収するの。いやなシステムでしょ」

漠然とした知らなかった夜の仕事は、そういうものなのか、と佐那は驚いた。

「でね、前は太っ腹に使ってくれてたお客が、事業の入金が遅れてるって言って……もうかなりたまってて、店のほうでもこれ以上待てないって……あたし、今週中に百万近く、立て替えで店に入れないといけなくなって」

「百万……？」

大変な金額だ。家を出て自活するようになって、佐那は一万円を稼ぐのがどれだけ大変なことか身に沁《し》みている。

「そんなお金もちろんなくて……今、親に電話してたんだけど、親もそんな金額無理だし……この子の父親は養育費も払わないクズだから、この子の給食費だって滞納しそうになってるのに」

自分にしがみついている息子を、矢部は片腕でぎゅっと抱き寄せる。

「俺、給食なんて食べなくてもいいよ！」

話をどこまで理解しているのか、拓也は泣きそうな声でそんなことを言う。

佐那の胸が痛んだ。

「それは……なんとかしないと……でもどうしたら……僕も、お貸しできるほどの貯金はないですし……」

自分の口座の残高を思い浮かべながら佐那が途方に暮れていると、

「それなら……あ、いや、でも、無理よね、そんな」

矢部は何か思いつき、そしてそれを自分の中ですぐに否定した。

「なんですか？」

佐那が尋ねると、矢部は唇を引き結び、もう一度息子を抱き締め、それから思いきったように言った。

「佐那くん、井藤さんと仲いいんだよね？」

井藤とは今日まさに「つき合う」ということになったところだ。

ということはつまり……仲はいい、のだろう。

「……はい」

佐那が頷くと、矢部は俯いてさらに躊躇い、それから顔を上げる。

「あの人、お金持ちなのよね？　もしかしてお金を……借りることなんて、できない……？　入金があり次第、すぐにちゃんと返すから」

「お金を借りる、ですか？」

思いがけない言葉に戸惑いながらも、佐那には、矢部が今の言葉を口にするためにどれだけ思いきったのかが見て取れる。

確かに、井藤ならそれくらいの金額は用立ててくれるだろう。

無闇にばらまくことはしないだろうが……佐那が頼めば。

佐那は自分の考えにぎくりとした。

そうだ。井藤が佐那に寄せてくれる気持ちを考えれば、矢部本人が頼んでだめでも、佐那が頼めば、出してくれるかもしれない。

だがそれは、彼の気持ちを利用することだ。そんなことはできない。

でもだったら、矢部の苦境をどうすればいいだろう？

佐那は、自分の頭の隅に浮かんでいた、もうひとつの方法を考えた。

あの口座なら……誰にも迷惑はかけない。

矢部は入金があれば返すと言っているのだから、あれを「使った」ことにはならない。

それなら……それなら……。

「あ、ごめん、無理よね、いくら仲良くたって、アパートのオーナーさんと管理人さんの関係だもの、頼めないよね」

矢部は、佐那の沈黙を「無理」と受け取って、そう言った。

「ほんと、ただの愚痴だと思って、聞かなかったことにして。ごめんね。どっかから借りてなんとかするから！」

そう繰り返す矢部と、泣きそうになって母親にしがみついている拓也をもう一度見て、佐那は決心して言った。

「わかりました、ちょっと待っていてください」

「え？　ええと、あの？」

佐那は力づけるように頷いて扉を閉めると、自分の部屋に駆け戻った。

一時間後、佐那は百万円が入った封筒を、矢部の部屋に届けた。

中を見て、矢部が驚愕《きようがく》する。

「ほんとに？　ほんとにいいの？　ああ、助かった、でもこれは……どこから？　井藤さんに頼んでくれたの？」

佐那は背筋がひやりとするのを感じながら、曖昧に頷いた。

「ええ……まあ」

「ああ、本当にありがとうね。なんてお礼を言ったらいいのか……あの、井藤さんの連絡先を教えてくれない？」

今度は明らかに、背中に冷や汗が流れた気がする。

「いえ、いいんです、それはいいんです。返せる時に返してくださいって」

「それはもう！　絶対にちゃんと返すから！　あ、借用証書いたほうがいいよね？」

「いえ、大丈夫です。返すお金ができたら、僕に言ってください」

佐那は早口に言って、矢部の部屋を出た。

矢部の役に立てたという嬉しさと、嘘をついているという後ろめたさで、心臓がばくばくしている。

あの金は、佐那名義の口座に入っていたものだ。

その、ほんの一部。

佐那の資産と言えるものの大部分は、信託財産として別口座にある。

そして、進学資金として佐那が今の生活をしながら貯金している口座の残高は、矢部に貸すには少し足りない。

今回使った口座は……兄から渡されたものだ。

佐那が家を出ることを許さなかった兄だが、最後に「勝手にしろ」と言い放った時に、この口座のカードを叩きつけてよこしたのだ。

「野垂れ死にでもしたら後味が悪い。体裁の悪いことだけはやめてくれ」

そんな言葉とともに。

最初に、五百万円入っているのは確認した。そしてそれだけあれば、佐那はすぐにでも大学にくらい行けた。

でも、そうはしなかった。

佐那は、兄からの金を使いたくなかった。

自立して、自活したかった。

だからあの口座はないものと思って、残高の確認すらしていなかったのだ。

だが今日、銀行に行って残高を確かめてみたら、兄からは月々二十万円が振り込まれ続けていたことがわかった。

「体裁の悪い生活」をしないために、それくらいは必要だと考えたのだろう。

これからも使うつもりはないその金だが、矢部のために一時的に使うくらいは自分に許そうと佐那は考えた。

そして、自分がこんな金額をぽんと用意できたら不審に思われるだろうと、とっさに井藤から借りたことにしてしまったのは後ろめたいが……仕方ない。

それで拓也が笑顔になるなら。拓也の給食費を滞納せずに済むなら。

自分がこんな行動に出た大きな理由は、たぶん拓也の泣き顔のせいだと、佐那は思った。

数日後の夕方、佐那が買い物から戻ると、夜の仕事に出かける矢部とばったり出くわした。

「あ！　佐那くん！」

明るい声で、矢部が手を振って駆け寄ってくる。

「この間は本当にありがとうね」

「いえ」

「さっきね、井藤さんが来てたから、直接お礼を言っといた！」

「え」

佐那はぎょっとした。

「井藤さんが……来たんですか？」

「佐那くんの部屋をノックしてたから、買い物に行ってるみたいって言っておいた。何か用事だったのかも」

井藤は確か、今週は忙しいと……連絡する、と言っていたはずだ。

直接訪ねてくるとは思わなかった。

そしてまさか、矢部と出くわすとは。

「あの、あの、井藤さんは……お金のこと、なんて……？」

鼓動が倍速になったように感じながら尋ねると、

「お金のこと、ありがとうございましたって言ったら、びっくりした顔してたけど。直接お礼を言うべきだったのに、佐那くんを通して任せてしまって失礼しましたって言ったら、笑って『お役に立ててよかった』って」

ということは……

井藤は、よくわからないままに、佐那の名前が出たので話を合わせてくれたのだ。

どうしよう。

連絡すべきだ、すぐに。そして謝るべきだ、井藤の名前を勝手に使ってしまったことを。

謝って、そして説明する。

だが、なんと？

自分は実は……おそらく井藤のホテルグループよりもはるかに規模の大きい企業グループの頂点に立つ、相当な資産家の息子でお坊ちゃん育ちなのだと？

そう打ち明けたら、井藤はどう思うだろう。

井藤はおそらく、貧しい家庭で育った苦労人の佐那を「好き」だと言ってくれた。

それが嘘だと知ったらどう思うだろう。

そして、嘘をついていた自分を、どう思うだろう。

しかし、正直に説明する他に、矢部に貸した金のことを説明する方法はない。

佐那は深呼吸し、震える手でスマホを手に取った。


「佐那くん！」

ノックされ、井藤の声が聞こえるのと同時くらいに、待ち構えていた佐那は玄関の扉を開けた。

いつもと同じように、身体にぴったりと合ったしゃれたスーツを着た長身の男は、佐那の顔を見ると少しほっとしたように微笑む。

それが、いつもの井藤とは少し違う、どこか不安そうな憂いを帯びて見えて、佐那の緊張が増した。

井藤は仕事中だったのか電話は通じず、「説明させてください」というメッセージに対し「仕事が片づいたらすぐそちらに行く」と返事が入っていたので、佐那は落ち着かない気持ちで井藤を待っていたのだ。

「押しかけてきて悪かった……だが、顔を見て話したかったから」

井藤はそう言って部屋の中にちらりと視線を送った。

「……どこで話そうか？　部屋の中がいやなら、車の中でも、どこかそのへんの店でもいいが」

「あ、いいえ、そんな、どうぞ！」

慌てて佐那は一歩下がり、井藤を部屋の中に入れる。

「お、お茶を」

小さな座卓の前にあぐらをかいた井藤に、佐那は慌ててそう言ったが、まずやかんでお湯を沸かすところからはじめなくてはならないことに気づき、そんな用意もしていなかった自分が情けなくなる。

どうして自分はこんなに動揺しているのだろう。

それがよくわからない。

ようやく、ちゃんと湯冷ましできたかどうかもわからない日本茶を淹《い》れて向かい合うと
……

「さて」

言葉を探していた佐那のかわりに、井藤が口火を切ってくれた。

「何からどう聞けばいいのかな」

そうだ、自分がまず何か言わなくては、井藤のほうからはどうしようもないのだと佐那は気づいた。

きちんと正座をし、井藤に頭を下げる。

「勝手にお名前を使って、申し訳ありませんでした」

「うん」

井藤は穏やかに頷く。

「驚いたが……話は合わせておいた。俺がきみを通じて、彼女に大金を用立てたことになっているんだな?」

「はい」

佐那が頷くと、井藤はそのまま無言で、佐那の話の続きを待っている。

「あれは……僕のお金です」

「うん。きみの……貯金? 進学資金の?」

ここで「はい」と言えば話は終わる。しかしそれでは、とっさに井藤から借りたことにしてしまった説明にはならない。

何しろあの時佐那も焦ってしまって、自分もそれだけの貯金はないと言ってしまってから思いついたことだったので、訂正のしようもなかったのだ。

「実は」

俯いていた佐那は、思いきって顔を上げた。

井藤も真っ直ぐに佐那を見つめている。

「あれは、実家からの送金で、手をつけるつもりがなかったお金なんです」

「……実家から？」

訝しげに、井藤が片方の眉を上げる。

「そうです。あの……僕は、井藤さんに嘘をついていました。実家は貧しくもなんともないんです。それどころか……裕福なほうだと思います。高校も都内の私立です」

寮に入っていたという話が出た時に、井藤が地方で、遠方の高校に通う場合の話で助けてくれたが、実際には「お坊ちゃん校」の寮だった。

「寮も……費用のかかるところに、わざわざ入っていたんです」

自宅から通うこともできたが、父が亡くなった後実家を離れたくて、途中からわがままを言って入寮したようなものだったのだ。

「……だが、それがどうして……こういう生活を？」

井藤は納得できない顔で尋ねる。

「家出……ではないんですけど」

佐那はまた俯いた。

「実家と、縁を切りたかったんです。それで、自立して、自活して、自分の力だけで大学に行こうと思ったんです」

それでも今回、頭に浮かんだのは、兄からの送金が入っている口座だった。

ということは、これからだって何かあったら、自分は結局実家の名前を出し、実家に頼ってしまうのかもしれない。

覚悟ができていないのだと、思い知らされた気がする。

それなのに、上辺だけ苦労人のようなふりをして……

「井藤さんを騙していました。申し訳ありません」

もう一度頭を下げると……

「騙していた……?」

井藤の声が、不審そうに響いた。

「俺は、きみに騙されたとはまったく思っていないんだが」

「え」

思わず顔を上げて井藤を見ると、井藤はなぜか、ほっとしたように大きく息を吐く。

「実家がどうあろうと、きみが今、自立しているのは確かだ。むしろ、そういうバックボーンがあるのにそれを切り捨てられるのはすごいことだと、俺は思う」

佐那はきょとんとして井藤を見つめた。

「だって……あなたはたぶん……苦労して育ってきた僕のことを……その」

好きだと思ってくれているのだろう、とはさすがに恥ずかしくて言葉にできない。

すると井藤が、はっとして佐那を見た。

「もしかしてきみは……きみが苦労して育ってきたから、俺がきみのことを好きになったのだと思ったのか⁉」

佐那は頷いた。

それだけが理由ではないのだろうが、そんな感じはしていた。

「俺が好きになったのは、今のきみであって……過去がどうだから、ということではないんだが」

少し照れ加減に、苦笑しながら井藤が言った。

「俺はむしろ、百万という大金をきみがどうやって作ったのか、俺の名前を出してということは、何かその……無茶なことをして作った金じゃなかったのかと、それをあれこれ想像してしまって不安だったんだ」

「無茶な……こと？」

どういう無茶なのか、どういう想像をしたのか、佐那には見当もつかない。

「いや、本当に、馬鹿なことをあれこれ考えた。見当違いの心配でほっとした」

そう言って井藤は、ふと真顔になった。

「それよりきみは……今自分が、どういう告白をしたのかに気づいているのかな」

「え……？」

告白？

実は実家は豊かなのだという告白のことではないのだろうか……？

井藤の目の中に、何か物騒な笑みのようなものがよぎり、佐那はどういうわけか、その井藤の目から視線をそらせなくなる。

「……きみは、自分が俺に嘘をついていたと思った。俺が好きになったのは、その『嘘』の部分なのだと思った。そしてその嘘がばれたら……俺に嫌われると思った？　それが、不安だった？」

声が低くなり……そしてその中に、不思議な甘さが混じる。

佐那は井藤の瞳や声の中にあるものに、どこか落ち着かない感じがしながらも、頷いた。

そうだ。

騙されていたと知ったら、井藤は佐那を好きではなくなると。

それが不安だった。

だから動揺していた。

「それはつまり、きみは俺に嫌われたくない……俺がきみを、好きなままでいてほしいと思っていると、そういう意味でいいんだろう？」

佐那は頷くしかない。それが事実だから。

だがそう頷くことが、どうしてこんなに鼓動を速めるのだろう。

井藤の笑みが深くなり——

佐那を見つめたまま、座卓をゆっくりと横にずらし、押しやった。

小さな座卓を隔てていただけの二人の距離は、こんなにも近かったのだと佐那はふいに気づいた。

井藤が腕を伸ばせば、簡単に佐那の肩を抱き寄せてしまえるくらいに。

そして実際に、井藤の手は佐那の肩をそっと抱いた。

「……それはどうして？」

ゆっくりと井藤の顔が近づき、その視線が眩しいような気がして、佐那は思わず目を閉じた。

次の瞬間……唇に、温かなものが触れた。

少しかさついた、しかし心地よい温度を持った、優しいもの。

優しく触れ、そっと押しつけているだけなのに、心臓がばくばくと音を立てはじめ、頬が熱くなってくる。

これは……なんだろう……？

息苦しさを感じる前に、その温かく優しいものがそっと離れていき、佐那は目を開けた。

井藤の顔が、すぐ目の前にある。

そして……唇が。

「あ……っ」

佐那はその瞬間、今自分の唇に触れていたものがなんなのか思い当たり、真っ赤になった。

キス。

今、自分は井藤と、キスをしていた。

頭の中でそう言葉にしてしまうと、どうしていいのかわからなくなる。

「あの、ごめんなさっ……」

井藤がぷっと噴き出した。

「どうしてきみが謝る?」

「え、あの、だって」

「……きみも、望んでいたから?」

わずかに挑発的に井藤が尋ね、またじっと佐那を見つめる。

その瞬間、佐那にはわかった。

自分は……この人が好きなのだ。

嫌われたくないと思い……本当のことを打ち明けるのがあんなに怖かったのは。

この人が好きだからだ。

はじめて抱く気持ちなのに、どうしてそれが自分に理解できるのか不思議だ。

そして井藤は佐那自身よりも先に、それに気づいた。

「ど……どうしよ……」

体中の血が全部頬に集まってきたような気がして、佐那は思わず両手で頬を押さえた。

熱いと思った頬よりも、掌のほうがさらに熱い。

好き、という言葉。

恋愛。

つき合う。

恋人同士になる。

どうして思い至らなかったのか……その連想はキスとか、その先にある漠然とした行為とかに繋がっている道だったのに。

そして自分はそういう意味での「好き」を、井藤に抱いている、ということか。

しかし……

「僕、あの、この先のことは……その……まだ」

そこまでの覚悟は……ない、たぶん。

井藤が一瞬両眉を上げ……

それから、佐那を抱き寄せていた腕を離し、笑いだした。

「え、あの、ええと」

「そこまでいきなり飛ばなくていいんだ」

笑いをなんとか抑え込もうとしているが、井藤の顔は嬉しさで崩壊しそうだ。

「ゆっくりでいいんだ。今こうしてきみの気持ちがわかっただけで、俺がどんなに嬉しいかわかるか」

嬉しい。

佐那が井藤を好きだから、井藤は嬉しい。

そして佐那は、井藤が自分を好きなことが嬉しい。

それが、井藤と自分の関係だ。

そう考えてまた佐那の頬が赤くなるのを、井藤は楽しそうに見つめていたが……

「とりあえず、今日は戻らないと」

ちらりと腕時計を見て、立ち上がった。

それほど時間がないのに、矢部に貸した金のことで心配してわざわざ来てくれたのだ。

「すみません、わざわざ」

「すみませんは、なしだ」

井藤は軽く、佐那の鼻の頭を人差し指の先で突く。

そんな仕草も、一挙に二人の距離が縮まったようで、気恥ずかしい。

「俺はきみの顔が見たかった。それだけだ」

「僕も……僕も、あなたの顔が見られて、よかったです」

井藤はにっと笑い……

「じゃあ、またお互いに顔を見よう、口実なしで。見送りはいいよ、ここで」

そう言って、それ以上佐那のどこかに触れることなく、玄関から出ていった。


それから二日ほど、佐那はともすれば井藤の顔が脳裏に浮かび、そして頭の中では絶えず、出会ってからこれまでの、井藤との会話を繰り返し反芻《はんすう》していた。

アパートの住民たちには「なんか楽しそう」と言われ、自分でも、気持ちが浮き立っているのを感じる。

恋なんて、自分には無縁だと思っていた。

佐那の人間関係には常に、佐那の家のこと、家族のことがつきまとっていた。

だが井藤は、そういうこととはまったく無関係に、ただ素の自分と知り合った人だ。

なんの打算もなく、好きだと言ってくれる。

そして佐那も、井藤の気持ちが嬉しく、井藤を好きだと感じる。

そういうはじめての相手が同性であったことは少し意外な気もするが、これまでも特に周囲の女性やアイドルなどに興味は抱かなかったことを考えると、自分にとって性別はそれほど重要な問題ではなかったのかもしれないと思う。

あれこれ考えつつもアパートの管理の仕事はおろそかにはできず……井藤から貰った仕事だと思うと、余計に力が入る。

アパートの周囲はれんがでふちどられ、そこに佐那は大きめの鉢をいくつか並べて、それぞれに寄せ植えを作っていた。

最近少し離れたところに園芸店を見つけ、佐那がまだ知らない花がたくさんあり、そこで寄せ植えの本まで買って、あれこれ楽しんでいる最中だ。

花の世界は意外に奥深く、そして汚れ仕事だったり力仕事だったりする部分もあり、決して女性的な趣味というわけではない、ということもわかりつつある。

アパートの裏側で、ひとつの鉢をパンジーをメインにした紫系の花でまとめてみようと思い、あれこれ位置を考えながら植えていると、表で声がした。

「ここじゃないですかね」

「そのようだ」

男が二人……聞き覚えのない声だ。

アパートに何か用事だろうかと思って佐那が立ち上がり、声を出そうとした時……

「しかしひどいところだ」

一人の男が吐き捨てるように言った。

「香月《こうづき》グループの御曹司が住むようなところじゃない」

佐那はぎょっとして動きを止めた。

香月グループ……それは、佐那の家がトップに立つ、企業グループの名前だ。

ということは、兄の使い⁉

どうして⁉

居場所を突き止められたのだ。

「いるかな」

佐那の部屋の扉をノックする気配。

「……留守かな」

「伊藤さん！」

一人が声を張り上げた。

「伊藤さん、いらっしゃいますか？　回線工事の件で伺いました」

口実のつもりなのか、そんなことを言って、またドアを叩く。

その時、佐那の頭上で窓が開いた。

はっとして見上げると、友永だ。今日は仕事が休みで部屋にいたのだろう。

「……お客?」

小声で尋ね、佐那はとっさに頷きつつ、両手の指で顔の前にバツを作る。

会いたくない客なのだと、友永はすぐに察してくれたらしい。

すぐにばたばたと自分の部屋を駆け抜けて玄関を出ると、二階の通路から下に向かって声をかける。

「管理人さんに用?」

「管理人? 伊藤さんというのは管理人ですか?」

男が尋ねた。

「そうだけど。さっき出かけたみたいだよ」

友永が答えると、

「管理人さんは……若い人ですよね? まだ二十歳《はたち》前くらいの」

男が探りを入れるように尋ねる。

「若い……そうかなあ。まあ、じいさんじゃないけど、トシは知らない。あんま話したことないから」

友永ははぐらかすように、曖昧に答えた。

「……そうか、ありがとう」

男が答え、友永が部屋の中に戻る気配がする。

「車の中で待とう。まず、本当に佐那さまかどうか確認する必要がある」

小声で男たちが言い合って、離れていく足音が聞こえた。

すると再び、頭上から友永の抑えた声がした。

「なんかヤバイの？　部屋に戻らないほうがいい？」

佐那が頷くと、

「ちょっと待ってて」

友永はまた姿を消し、表側の外階段を降りる足音がしたかと思うと、佐那の隣のヨシコさんの玄関を叩いた。

「ヨシコさん、ちょっと」

「あら、どうしたの」

「ちょっと通らせて、ごめん」

そんなやりとりの後、すぐに、ヨシコさんの部屋の窓が開いた。

「こっちこっち」

佐那が急いで窓に駆け寄ると、友永が手を差し出してくれ、ヨシコさんの部屋の中に引きずり込んでくれる。

アパートの裏側が線路際の崖になっていて本当によかったと思える。

友永は急いで窓を閉め、佐那は靴を脱いだ。

「なあに、どうしたの？」

ヨシコさんが驚いて二人を見ると、友永が唇の前に指を当てた。

「しー。なんか、佐那くんとこに、変な客」

小声でそう言って、佐那を見る。

「連中、表に駐《と》めた車の中にいる。ぱりっとしたスーツ着たおっさんたち。何、佐那くん、あれに追われてんの？」

追われている、というのだろうか。

「探されてる……んです」

「あらあ。実は家出少年？　それとも何か、スパイ事件みたいなの？」

ヨシコさんが、スパイなどという言葉を出したので、友永が噴き出した。

「だったらすげー。でもなんのスパイなんだろ、佐那くん、産業スパイって感じじゃないしな」

二人が笑い合っているので佐那はわずかに気が楽になったものの、佐那自身は笑うどころではない。

間違いなく、兄に居場所を突き止められてしまったのだ。

勝手にしろ、という最後の言葉を盾に取って出てきたものの、それが兄の本心ではないことぐらいわかっている。

だからこそ佐那は、知っている人に会わないように、危険な場所を避け続けてきた。

いったいどうやってここがわかったのだろう。

そして……自分はどうすればいいのだろう。

「佐那くん、とりあえず、困ってんだよね？」

蒼ざめて黙り込んでいる佐那に友永が尋ね、佐那は頷いた。

「そしたらさ、井藤さんとかに相談できないの？」

佐那ははっとして友永を見た。

井藤に。

そうだ、井藤なら……きっと。

佐那がすべての事情を話せなくても、きっと助けてくれる。

甘えてしまってもいいのだろうか。

——甘えるしかない。

そして必要なら、自分の家のことを、兄との関係のことを、打ち明ける。

井藤になら、打ち明けてしまえる。

「そうですね……井藤さんに……でも連絡先が」

井藤の連絡先が入っているスマホは部屋の中だ。

「取ってきてやるよ。裏の窓の鍵、開いてる？　閉まっててもなんとかするけど。スマホ、どこに置いてる？」

友永はそう言ったが、幸い窓の鍵は開いている。

友永は身軽にヨシコさんの部屋の窓から出ていき、佐那の部屋の窓から入って必要なものを取ってきてくれ、佐那は井藤に連絡を取った。

「とりあえずしばらく、ここで休んでくれ」

井藤が佐那を連れてきたのは、自分のマンションだった。

「助けてほしい」と言って詳細を説明しようとした佐那に「説明は後でいい」と井藤は言ってくれ、脱出の方法を考えてくれた。

暗くなるまで佐那はヨシコさんの部屋に潜み、それからヨシコさんが「妙な車がずっと駐まっている」と警察に通報した。

パトカーが来てあれこれ尋ねている間に、少し離れた場所に車を駐めた井藤が、友永の誘導でアパートの裏側に回り、窓から佐那を脱出させてくれる。

それから、矢部が拓也をヨシコさんのところに預けに来たので、アパートの入り口でヨシコさんと友永が花火をはじめ、周囲の視線がそちらに向くようにしてくれた間に「不審車」がいるのとは反対側にある柵を越え、住宅地を通って井藤の車に辿《たど》り着いた。

友永やヨシコさんが、もちろん佐那を心配しつつも、面白がってノリノリで協力してくれたのは本当にありがたかった。

そして今こうして、井藤のマンションに招き入れられると、佐那はほっとすると同時になんだかとんでもない迷惑をかけているような気がしてくる。

玄関を入ったところで躊躇っている佐那に、「そこで寝る気か？」と笑って、井藤がリビングに招き入れてくれる。

その部屋に入った瞬間、佐那ははっとした。

都心の高級住宅地にある低層マンションの、最上階である五階で、広いリビングは二面が窓になっている角部屋だ。

アイボリーの低いソファを中心とした、モノトーンのシンプルなしつらえの部屋なのだが、そのコンセプトに不似合いな色とりどりのものは……

花だ。

カーテンボックスからはビニール紐《ひも》で根元を縛ったドライフラワーが逆さにぶら下がり、オーディオスピーカーやコンソールテーブルの上に、鉢植えが散らばっている。

それらはすべて……佐那が生花店でアルバイトをしている時に、連日のように現れた井藤が買っていったものだ。

「これ……全部、あの」

「なんとか生きているぞ」

井藤が、テレビ台の上でテレビを端に押しやって中央に鎮座している、ムスカリの鉢を示して笑う。

鉢植えはそれでも五、六鉢ほど、しかしそれよりも数が多いのは窓辺にぶら下がる二十本以上のドライフラワーだ。

「よくわからないので、全部逆さ吊りにしてみたが、腐ってだめになってしまった花もあって、かわいそうなことをした」

井藤が後ろめたそうに言うので、佐那は慌てて首を振った。

「ドライフラワーに向かない花ももちろんありましたから。でもバラとか、かすみ草とか、きれいなドライフラワーになっていて、すごいです……！」

「これが全部、きみとの繋がりだと思ったらいいとおしくてね」

井藤が照れくさそうに笑った。

「何しろ、きみの顔を見たくてせっせと通ったはいいが、花のことはまったく知らなかったからね」

花を買いに来たのは、佐那に会いたい口実だった。

改めて言葉にされると、心の底がじんわりと温かくなる。

嬉しい。

鉢植えは少し摘まんだほうがいいくらい乱雑に、しかし元気に咲き誇っている。

そして、一本ずつ買っていった花を数日楽しんでから一本ずつ吊るしたのであろうドライフラワーが、ビニール紐で不器用に縛ってあることにさえ感動する。

花を買うのがただの口実ならば、家に持って帰ってこんなふうに手間をかける必要などなかったはずだ。

だが……大胆で不器用で真っ直ぐな井藤という人間は、こんなふうに不器用に丁寧に花を扱うのと同じように、佐那に接してくれていた。

それが、この花たちを見ているとよくわかる。

しかし佐那はふと、どうして井藤はこんなに自分を好きになってくれたのだろう、と思った。

いったい自分の何が、どういうふうに、井藤の心に作用したのだろう?

改めて考えてみると、不思議な気がする。

もともと佐那は自分に自信のあるほうではない。恋愛にも奥手だし、普通の人間関係も器用とは決して言えない。

そんな自分のどこを、井藤は好きになってくれたのだろう。

そして何より……井藤は佐那のすべてを知っているわけではない。

そう。

こんなふうに、ここに避難させてもらう理由すら……ちゃんと言っていない。

説明しなくては。

「井藤さん」

佐那は井藤を正面から見つめた。

「僕……ちゃんとお話ししなくては。実は今日、訪ねてきたのは……」

「ちょっと待って」

井藤の顔がすっと真剣なものになり、佐那の言葉を止めた。

「それはきみが、俺に話したいから話すことか？　それとも話さなくてはいけないと思うから話すことか？」

佐那ははっとした。

話したいから話すのか。

話さなくてはいけないから話すのか。

佐那の中ではまだ……実家の兄と自分の関係をきちんと整理できていない。

それに今、井藤にすべての事情を打ち明けることは、兄個人の、公にはなっていない事情も話してしまうことになる。

自分にそんな権利があるだろうか。

「僕は……僕は、あの」

佐那の躊躇いを察したのだろう、井藤の笑みが深くなり、佐那の唇にそっと人差し指を押し当てた。

「きみは何か実家としがらみがあって、実家から逃げていて、そして俺に助けを求めてくれた。それだけでじゅうぶんだ」

井藤が言うと、ことは単純に思えてくる。

「余計な言葉より、俺が欲しいのは……」

そう言って、井藤はゆっくりと身をかがめ、佐那に顔を近寄せる。

瞳と瞳の距離が近くなる。

唇に触れていた指が辷《すべ》るように頬に逃げ、そしてそのかわりに唇が、触れた。

二度目のキス……そんな言葉が、佐那の頭の隅に浮かんで、そして消える。

記憶にある前回のキスよりも、唇は少し強く押し当てられた。

同時に井藤の腕が佐那の腰に回って抱き寄せる。

自分よりも一回り大きい身体に、すっぽりと包まれ、相手の体温を感じていると、佐那の頬が熱くなり、鼓動が速くなった。

身体の奥のほうから不思議な熱がせり上がってきて、触れ合った唇からそれが井藤に伝わってしまいそうだ。

唇は一瞬離れたかと思うと角度を変えてまた重ねられ、息苦しさに薄く開いた佐那の唇を、井藤の舌先がゆっくりと撫《な》でた。

ぞくっと、経験したことのない痺《しび》れのようなものが佐那の身体を駆け抜ける。

膝の力が抜けそうになって、佐那が思わず両手で井藤のスーツの袖を摑むと、佐那の腰を抱く井藤の腕に力が籠もった。

身体がぴったりと密着し、身長差で佐那の身体がのけぞる。

くらくらして……倒れそうだ。

この先はどうなるのだろう。

好きな相手とこうして唇を重ねて……その先は。

未知の何かを想像しかけた時、佐那の唇がふいに解放された。

「ぁ……」

思わず小さく声を上げ、いつの間にか閉じていた目を開けると、井藤が佐那を見つめる瞳に出会った。

いとおしげに細められ……そして、何か佐那をぞくりとさせるような熱が籠もっている。

しかし井藤はゆっくりと身体を離した。

「あの……?」

戸惑いながらも佐那が無意識に瞳で尋ねたことの意味は、佐那自身よりも井藤のほうが理解していたのだろう。

「……本音を言えば、きみとこの先に進みたい気持ちはもちろんあるが」

低く甘い声でそう言ってから、気持ちを切り替えるように、ふう、と息を吐く。

「今こんな状況で、弱みにつけ込むような真似はしたくない」

弱み？

「懐に入った窮鳥を、頭から食べてしまうようなことはね」

井藤がふっと笑い、その笑みが湿り気を帯びかけていた空気を軽くする。

「それよりも、窮鳥のほうに食事をしてもらわないと。冷蔵庫にはろくなものがないし、外には出ないほうがいいだろうから、何かデリバリーでいいか？」

「あ……はい」

佐那は頷きながら、一瞬前のあの空気を思い出し、それが消えてしまったことにほっとするような、残念なような、不思議な気持ちになっていた。

眠れない。

佐那は大きなベッドの上で、寝返りを繰り返した。

寝具のすべてに、井藤の匂いが染みついていて、その匂いに包まれているような感じがする。

安心感はもちろんあるが、それ以上に、なんだかそわそわと落ち着かない。

夕食後バスルームを使ってパジャマがわりに井藤のTシャツを借りると、井藤は佐那を自分の寝室に案内した。

ダブルサイズのベッドがひとつ。

「ここを使ってくれ、俺はリビングのソファで寝るから」

井藤の言葉に、佐那は焦った。

「そんな、いけません、僕がリビングで寝ます」

「そうはいかない。きみをソファで寝かせたら俺は眠れない」

井藤は笑いながら、しかし有無を言わさない口調で言って、佐那を納得させてしまった。

だが、佐那のほうが眠れない。

そのうち、眠れないのは喉が渇いているせいのような気もしてきた。夕食に井藤が取ってくれたイタリアンのデリバリーは、少し味が濃かったような気もする。

そうだ、水を飲めば落ち着くに違いない。

起き上がり、そっと寝室を出ると、半開きになっていたリビングのドアを開けて中に入る。

井藤は、ソファの上に仰向けになり、目を閉じていた。

足音を立てないようにキッチンに回り、夕食の時に使って洗ってあったグラスに、水道から水を入れて飲み干す。

それから寝室に戻ろうとし……戻ろうとし……しかし、足が止まった。

ちょっとだけ、井藤の寝顔を見たい。

どうして自分の中にそんな欲求が湧き出したのかわからない。

リビングの照明は消えているが、オーディオ機器やモデムなどの電気があちこちについていて、部屋の中は仄明るい。

そっと近寄ったが、井藤が起きる気配はない。

以前佐那の部屋に泊まった時も、すとんと寝てしまったようだし、朝までぐっすり眠ったようだったから、眠りは深いのだろう。

大きなコーナーソファは、身長の高い井藤が横になるのにじゅうぶんな長さだが、井藤は軽く片脚を折り曲げていて、身体にかけた夏掛けの薄い布団がずり落ちかけている。

パジャマではなく、薄手のトレーナータイプの部屋着を着ている様子は、普段のスーツ姿よりも少し若く見えて、学生時代の井藤をなんとなく想像できる気がする。

佐那は井藤の布団を脚までそっとかけ直し、ソファの傍らに膝をついて、井藤の顔を見つめた。

鼻筋の通った、直線的で男らしい顔立ち。目を閉じていると理知的で落ち着いた大人の男という感じで、佐那が知っている、大型犬のような少し無骨で慌て者のイメージはまるでない。

こういう……意外な面を持っているのが、この人の魅力なのだろうか。

自分が気がつかないうちに井藤を好きになっていたのも……この人のそういうところに惹《ひ》かれたのだろうか。

だが……井藤のほうは、自分のどこを……？

先ほど浮かんだ疑問がまた、佐那の胸に戻ってくる。

「僕なんかの、どこを好きになってくれたんだろう……？」

思わず佐那は、その疑問を小さく声に出してしまっていた。

それに気づいてはっとした瞬間――

「本当にそれがわからないのかな」

静かな声とともに……井藤が目を開いた。

眠ってなどいなかったとわかる、しっかりとした視線で佐那を見つめる。

「あ……あ、ごめんなさ……っ」

立ち上がろうとした佐那の手首を、井藤の手が捕らえた。

ぐいと引っ張られたかと思うと、天地が逆転したような感じがして……佐那はソファの上に横たわっていた。

井藤が真上から佐那を覗き込む。

少し目を細めて、笑っているように見えるが……その笑みの中に、何か物騒な熱が籠もっている。

「俺の我慢の限界を試しに来たのか？」

佐那の心臓がばくんと跳ねた。

我慢の限界……我慢、なんの……？

「俺がきみの、どこが好きか、どういうふうに好きか、これからどうなりたいのか、本当にわからない？」

最後のひとつはわかる。いくら奥手の佐那でも、こんなふうにソファの上に押し倒されれば、見当ぐらいはつく。

「それは、あの、僕も……」

井藤の眉がぴくりと動いた。

「だからどうしてそういう、俺を試すようなことを」

「試してなんかいません」

佐那は驚いて、真っ直ぐに井藤の目を見つめた。

「僕だって、たぶんその……この先のことを……」

言葉にした瞬間、佐那は自分が本当に望んでいることがはっきりわかった。

この人をもっと知りたい。

そしてこの人に、自分をもっともっと知ってほしい。

家族がどうとか、そんな問題じゃなく……本質的なところで。

それが、井藤に伝わったのだろうか。

にっと、井藤は片頰に物騒な笑みを浮かべ——

唇が重なった。

押しつけられる井藤の唇の温度が高い。自分の唇も。

合わせ目を舌でなぞられ、反射的に開いたところに井藤の舌が入り込む。

濡《ぬ》れた肉の感触で歯列をなぞられる生々しさに、佐那の身体の芯がずくりと痺れた。

「んっ……ふっ……」

鼻から抜ける息に声が混じり、それを恥ずかしいと思う間もなく、井藤の手がサイズの大きいTシャツの裾から忍び込んで、素肌を撫で上げる。

感触を確かめるように脇腹を這《は》う井藤の大きな掌が、肌にちりちりとした熱を生む。

同時に佐那の中にも、井藤に触れたいという欲求が生まれた。

この人に触れたい……これはもう本能だ。

井藤の身体に腕を回すと、薄い布越しに、肩を覆う筋肉の流れがわかる。

アパートに泊まった夜、ちらりと見た筋肉質の男らしい身体が脳裏に蘇《よみがえ》る。

自分とはまるで違う……男らしい身体。

骨組みの華奢な、薄い自分の身体を井藤はどう思うだろう……と、かすかな不安がよぎった時……

「んっ……っ」

井藤の指の腹が佐那の乳首を軽く撫で、佐那はびくりとのけぞった。

なんだろう……これは。

存在感のない小さな乳首を、井藤の指が撫で、摘まみ、押し潰《つぶ》す。

神経が尖《とが》って、熱を全身に運び、そして腰の奥がうずうずと熱くなってくる。

唇は塞がれたままで、舌で舌を搦め捕られ、唾液が混じり合う感触と、胸を弄《いじ》られる感触と、どちらに神経をやったらいいのかわからないままに、体温が上がっていく。

井藤の手が乳首から離れてTシャツをまくり上げ、素肌が空気にさらされた。

掌が、胸から腰骨、そして腹を撫で……そのまま脚の付け根に触れた。

「……っ……っ！」

佐那は自分のそこが、勃《た》ち上がりかけていることに気づいてぎょっとした。

井藤の大きな手にすっぽりと覆われ、さらにどくんと血が集まったのが恥ずかしく、思わず腰を捩《よじ》って逃げようとしたが、身体は本気で逃げようとしてくれない。

井藤の指先が下着のゴムをくぐり、直接そこに触れる。

「っ……あっ……！」

思いがけない大きな声が自分の耳に響き、井藤が唇を解放したせいだと気づいた。

額と額をつけるようにして間近で佐那と視線を合わせ、

「……いやか？　佐那がいやなことは、しない」

井藤が低く尋ねる。

その間にも井藤の手は、佐那の半勃ちの性器をやんわりと握り、ゆるゆると上下に扱《しご》きはじめる。

こんな……こんな状態で、いやだなどと言えるはずがない。

だって、いやじゃないのだから。

羞恥で目が潤むのを感じながらも、佐那はふるふると首を横に振った。

井藤の目がいとおしげに細くなり、ちゅっと軽く口づけると……そのまま唇を、顎、喉、鎖骨へと這わせ、そして乳首に触れる。

「あ……っ、や、んっ」

神経を直接指で掘り起こされたようで、舌先で転がされると、ぞくぞくする。

唇で吸われる。甘嚙みされる。

左右の乳首を交互にそうやって弄られると、頭がぼうっとしてくる。

その間にも井藤の片手は佐那の性器をゆっくりと愛撫している。

そして……次の瞬間。

「あ、あ」

乳首と、性器の神経が、腰の奥で繋がった。

だめだ。

「あ、あ……っ、だ、めっ……っ」

佐那の切羽詰まった声に、井藤は手を緩めるどころか、唆《そそのか》すように手を速めていく。

根元から強く扱き上げられ、そして乳首を強めに吸われた瞬間——

「あ——……!」

佐那は、あっけなく達していた。

痙攣《けいれん》する身体を、井藤がしっかりと抱き締めてくれる。

「……はっ……あっ……っ」

ようやく頭の芯が少し冷え、固く閉じていた目を開けると、どこか嬉しそうな井藤の目が目の前にあった。

「……かわいい、想像よりもずっとかわいかった、佐那」

甘く優しく、しかし物騒な熱はそのまま宿している、井藤の瞳。

「繊細で内気で、でも真っ直ぐな佐那そのままだ」

ああ、そういうことなんだ、と佐那は思った。

こんな恥ずかしいことをされて、でもそれで井藤は、佐那をわかってくれる。

そして佐那にもわかる。

これが、井藤という男。強引で、大胆で、躊躇いがなく……そして優しい。

「あ……井藤さ……」

思わず佐那は両腕を差し伸べて、井藤の肩に回した。

布越しの感触がもどかしい。

自分ももっと、井藤を知りたい。

「……この先も、いいのか？　それともここでやめる？」

わずかに躊躇うように、しかしその裏には確実な欲望を滲ませて、井藤が尋ねる。

「……やめ、ない」

佐那は自分の声が甘えるような響きを帯びていることに気づいて赤くなった。

井藤の笑みが深くなる。

「じゃあ……ここではあんまりだ。あっちに行こう」

ソファから立ち上がると、佐那の膝裏を掬《すく》うように、軽々と抱き上げる。

そのまま廊下に出て、寝室に向かい、さっきまで佐那が一人で寝ていたベッドに、佐那の身体を下ろす。

すぐに井藤が、佐那に覆い被さってきた。

「佐那を、ちゃんと見せてくれ」

そう言って、Tシャツをまくり上げてあっさりと脱がせる。

腿《もも》のあたりまで下げられてしまった下着も脚から抜かれ、佐那は全裸を井藤の前にさらしていた。

恥ずかしいと思う間もなく、井藤自身も着ているものを無造作に脱ぎ去っていく。

井藤の身体が佐那の上に静かに重なり、素肌と素肌が触れ合うと、佐那は泣きたいような悦《よろこ》びが体中に溢れるのを感じた。

井藤が微笑む、その笑みの中に、同じ悦びがあるのがわかる。

言葉はもう、必要ないと感じる。

もう一度唇が重なって、今度は佐那は、自分の舌を差し出して不器用に井藤の舌を迎え、絡め合った。

井藤の手が再び佐那の身体を這う。

わずかに冷めかけた熱は、井藤の掌で簡単にまた温度を上げる。

掌が触れている部分だけではなく、井藤の素肌と接している身体のすべての部分で、もっと井藤に触れたい、触れられたいと、佐那は全身を井藤に擦《こす》りつけるようにしていた。

しかし、井藤の手が背中に回り、腰を撫で下ろして狭間《はざま》に辷り込んだ時には、さすがに佐那はびくりと身体を硬くした。

そんなところ、に。

「な……あの……っ」

井藤の指先が奥まで進み、窄《すぼ》まりを突く。

「ここで」

井藤が低く、意味ありげに囁いた。

「俺と、繋がる……いや？」

ここに、井藤を受け入れる。繋がる。ひとつになる。

自分の身体にそんなことが可能なのかどうか、怖くないと言えば嘘になる。

だが、井藤をもっと深く知りたい、その欲望のほうが、勝る。

「やじゃ、な、い」

井藤の目がさらに細くなり、優しく佐那に口づけると、身体を起こした。

佐那の身体を俯せに返す。

「な……に……？」

「佐那が、楽なように……ね」

そう言って井藤は両手で佐那の腰を摑んで引き、佐那は膝を立てて井藤の前に腰を突き出すような格好になった。

井藤の手が双丘を左右に割り裂く。

とんでもない場所を、井藤の目の前にさらしている、と自覚する前に……そこに、ぬるりとした生暖かいものが触れた。

「えっ……あっ？」

思わず振り向くと、井藤がそこに、顔を埋《うず》めていた。

「だめ、やっ……っ」

「動かないで」

井藤はこともなげに言って、舌で襞《ひだ》をくすぐりながら唾液を塗りつけ、さらに中まで送り込んでくる。

「んっ……ん、あっ……くっ……っ」

佐那は次第に、窄まりがじくじく熱を持ってくるような感じがして、思わず額を枕に押しつけた。

硬いもの……井藤の指、が唾液を纏って自分の中に入ってくるのがわかる。

ぬるぬると内壁を撫で、押し広げながら奥へと進んでくるのが。

さらに入り口が広げられ……指が増える。

くちゅ、くちゅ、と濡れた音が聞こえてくるのが、井藤の唾液だとわかっているのに自分がそこから何か洩《も》らしてしまっているようで恥ずかしくてたまらない。

それなのに……

脚の間をくぐって佐那の前に回った井藤の手が、再び佐那の性器を握り込み、佐那は自分のものが再び勃ち上がっていることに気づいた。

お尻の中をほぐされて……前が、感じている。

気持ちいい、のだ……！

「あ——！」

そうわかった瞬間、佐那は井藤の指をぎゅっと締めつけていた。

どうしよう。前と後ろを同じリズムで弄られて、頭の中が真っ白に沸騰しそうなくらい、気持ちがいい……！

「あっ……あ、やぁ……んっ、くっう……っ」

全身がじっとりと汗ばみ、声が裏返っていく。

もうちょっと、もうちょっとで上り詰めてしまう……！

そう思った瞬間、性器から井藤の手が離れ、後ろからもぐちゅっと音を立てて指が引き抜かれた。

「あ——、あっ」

思わず声を上げた佐那に、井藤が抑えた声で囁いた。

「佐那……感じているね、大丈夫そうだ」

「え、あ」

佐那の身体を井藤がまた仰向けに返し、力の抜けた膝を左右に広げた。

その、自分の脚の間にある、井藤の身体に目をやり、佐那ははっとした。

黒々とした叢《くさむら》から勃ち上がっている、井藤のもの。

象牙色の井藤の肌よりも色の濃い、堂々としたものが、はっきりと欲望を滲ませて、佐那のそこにぴたりと押し当てられる。

井藤の……あんなものが、自分の中に入る。

佐那はそれを意識し、思わず井藤の目を見た。

井藤の視線も、佐那の瞳を捕らえる。

佐那が怖がることはしないと……どう猛なオスの欲望を優しさで抑え込んでいるのがわかる、井藤の瞳。

自分がいやだと言えば、すぐにでも引いてくれるのだとわかる瞳。

佐那は胸がいっぱいになって、両腕を井藤のほうに伸ばした。

来て、と——佐那の瞳が語る言葉は、井藤にちゃんと伝わった。

井藤が熱の塊を、ぐいっと、佐那に押しつけた。

「んっ……っ」

いっぱいに広げられ、押し込まれる。

薄い皮膚に包まれた灼熱の棒が、真っ直ぐに佐那の中に入ってくる。

様子を見るように少しずつ抜き差しをしながら、奥へと。

息ができない。苦しい。

どうしよう、どうしたらいいのだろう。

「……佐那、力を抜いて。息を止めるな」

堪えるように井藤が言って、佐那の下腹を優しく撫でた。

「……ふ、あっ……」

無意識に息を止めていたことに気づき、噛み締めていた唇をなんとか解《ほど》く。

同時に井藤が身体を倒し、佐那の上に自分の身体を重ねてくるのを、佐那は両腕で抱き留めた。

「……ぁ……っ」

井藤が佐那の奥まで届く。

限界まで押し広げられたように思える場所が、井藤でいっぱいになっている……！

「佐那」

井藤が佐那の耳元で呼んだ。

「苦しいか？　大丈夫？」

「だ、いじょ……ぶっ」

「……動いても？」

「え？　あ？　うごく……の？」

引《ひ》き攣《つ》るように井藤の腹筋が波打つ。

「佐那」

井藤が佐那と視線を合わせる。

「かわいいな……どうしてそうかわいいことを言うんだ」

ちゅっちゅっと、何度もキスをくれる。

「動くんだよ……そういうものだ。いい？」

そういうものなのなら……もちろん、異存はない……たぶん。

佐那が頷くと、井藤は少しばかり余裕のない笑みを浮かべ、そして今度は深く唇を重ねてくる。

同時に、佐那の中の井藤がぐぐっと引いた。

「……っ」

完全に抜け出てしまいそうな気がして佐那が思わず井藤の肩にしがみつくと、井藤はすぐにまた、ゆっくりと押し込むように佐那の奥に入ってくる。

「あ……っ」

内壁を擦られる感触にぞくぞくして、佐那は思わず細い声を上げた。

「……くっ、締まった」

唇を嚙み締めるようにして井藤が呟《つぶや》き、そしてまたゆっくりと、引く。

佐那の頭よりも先に身体が、そのリズムを理解した。

井藤が佐那の中に踏み込むたびに、重なる身体に熱が生まれる。

佐那の息が上がるのと一緒に、井藤の息も荒くなる。

井藤の肩に触れる佐那の掌が、どちらのものかわからない汗で辷り、そして唇が離れてはまた、重なる。

好き。

この人が好き。

「佐那……っ、佐那」

堪えるような声音で名前を呼ばれるたびに、胸がいっぱいになる。

「あ……あ、あっ……あんっ……んっ……っ」

佐那も井藤を呼びたいのに、唇から出てくるのは上擦った甘い声だけ。

頭も身体も真っ白に溶けていきそうだ。

「……くっ、佐那、もうっ」

井藤の声が限界を伝えてきた瞬間、佐那の腰の奥で熱いものがはじけた。

同時に井藤の腕が佐那をきつく抱き締め——痙攣するものが、佐那の奥を熱く濡らすのが、遠のく意識の中でわかった。

「佐那」

優しい声とともに、額に温かなものを感じて、佐那は目を開けた。

井藤の顔が目の前にあり、目を細めて佐那を見つめている。

「いとう、さ……」

声を出しかけて、その声が掠《かす》れていることに気づき、佐那は何度か瞬きをして目を覚まそうとした。

見覚えのない天井……いや。

はっと瞬時に覚醒して、佐那は真っ赤になった。

昨夜、ここで、井藤と。

カーテンは開けられて日が差し込んでおり、井藤は身支度を終えて、あとはスーツの上着を着るだけ、という格好だ。

それに対して佐那は……やわらかなシーツと薄い羽毛布団に挟まれている身体は、裸のまま。

昨夜は同じように裸の井藤に、抱きくるまれるようにして同じベッドで眠ったのだと、じわじわ記憶が蘇ってくる。

そして今は朝で。

「あ……もう、出かける時間ですか？　僕も」

慌てて身体を起こそうとして、なんとも言えない重怠《おもだる》い感じに気づく。

「寝ていろ」

井藤が笑って、佐那の身体をベッドの上に押し戻した。

「俺は仕事に行く。昨夜一応身体は拭いたが、風呂に入りたければゆっくり入ればいいし、冷蔵庫に適当なものが入っているから、好きにしてくれ。鍵はダイニングテーブルの上に置いた」

そう言われて佐那は、自分の肌がさらりとしていることにも気づく。

「……僕……あの……ご迷惑を……」

「あれが迷惑なら、どれだけ迷惑をかけられても足りないくらいだ」

井藤は、かわいくてたまらない、というふうに目を細めた。

「じゃあ、行ってきます」

「行ってらっしゃい」

反射的に答えてから、まるで一緒に暮らしてでもいるようだと思い、気恥ずかしくなる。

井藤は身をかがめて佐那の唇に軽く口づけ、佐那が固まっている間に、笑って部屋を出ていった。

玄関の鍵が閉まる音を聞いてから、佐那はようやく、おそるおそるベッドから這い出す。

なんというか……腰のあたりとか腿とか、あちこち筋肉痛のようだし、何しろあらぬところがまだ、じくじくと熱を持っているようにも感じる。

しかし何よりも、全身を包む甘怠い幸福感で、まだ頭がぼうっとしているようだ。

ベッドの足下にある小さなテーブルの上に、井藤のものらしいカジュアルなシャツとコットンパンツが置いてある。そしてまだパッケージに包まれている新しいボクサーショーツも。

どう考えても井藤のものだ。

全体的にだぶだぶ感のあるそれらを身につけるのも、なんだか甘酸っぱく恥ずかしい。

シャツは腕まくりをし、コットンパンツのウエストはベルトで締めて裾をくるぶしまでなんとか捲り上げると、佐那はリビングまで歩いて、ようやく身体のきしみが取れてきたように感じた。

ダイニングテーブルの上に、確かに家の鍵があり、その下にメモ用紙が置かれている。

『仕事は七時には終わる予定。帰ってから一緒に夕食を』

以前、芯の通った書き慣れた字だと感じた、井藤の筆跡だ。

それでは、井藤が帰るまでここにいればいいのだろうか。

主が留守の家で、一人で好きなように過ごすのはなんとなく躊躇われるが、同時に、それが「恋人」の特権のようにも感じて、そしてそんな二文字を脳裏に浮かべてしまったことがまた恥ずかしい。

この先、自分と井藤はどうする……どうなるのだろう。

兄に居場所が見つかってしまったから、あのアパートに居続けることはできないかもしれない。

でもだからといって、いつまでもここに転がり込んでいるわけにもいかないだろう。井藤のことは好きで、こういう関係にもなって……でもやはり、すべてを井藤に頼るのは違うという気がする。

バイト。学費を貯めること。その後の進学のこと。

考えなくてはいけないことはいろいろあるが……今日は、そういうことは頭の隅に押しやって、幸福感の余韻に浸っていてもいいのかもしれない。

井藤は普段、朝食は家で簡単に食べるのだろうか、冷蔵庫の中にパンや野菜ジュース、ヨーグルトなどが入っていて、佐那は半ばぼうっとしながら一人で食事をし、洗い物をする。

さて、どうすればいいのだろう。

あまり勝手にあちこち弄るのは気が引けるが……

佐那は、テレビ台の真ん中に鎮座している青いムスカリの鉢に目を留めた。

そうだ、花に水をやろう。

それから、どうやら井藤がいつ逆さ吊りをやめたらいいのかわからないでいるらしいドライフラワーを、花瓶に挿そう。

花瓶は、以前一緒に買い物に行った時に選んだものが、箱のまま置いてある。

大きめの花瓶ひとつにドライフラワーを挿すと、なかなか豪華な雰囲気になり、佐那はとりあえずそれをリビングのテーブルの上に置いた。

それから鉢を日当たりのいい出窓に移し、終わりかけた花を少し摘み……

そういう馴染みの作業をしている間に、ふと、胸の中にもやもやっとしたものを覚えた。

そう。

アパートの花壇の花。

昨日、寄せ植えの作業をしている最中に兄の部下らしい男たちが来て、そのままになってしまっている。

まだちゃんと鉢に移していないゼラニウムとロベリア。

あのまま放置していたら枯れてしまう。

その他の花々にも、水をやらないと。

天気予報では、しばらく雨は降らないはずだ。

そう考え出すと、佐那はいても立ってもいられなくなってきた。

念のため番号を教わっていた友永の携帯やヨシコさんの固定電話などにかけてみるが、どちらも不在だ。

花は命で、自分はその命を預かっている。

水やりはともかくとして、寄せ植えの花だけはちゃんと植えなくては。

兄の部下は今日も来るだろうか。

昨日パトカーを呼んだから、続けてあのあたりに車を駐めていくようなことはしないはずだ。それに、昨夜の脱出の際、駅からは遠回りだが、アパートの反対側から出入りできる住宅街の道も知った。

アパートに近づいてみて、大丈夫そうなら……。

無理はしない。

不穏な気配があったらすぐに帰ってくる。

今から急いで行って、井藤が帰ってくるまでに戻ってこよう。

佐那はそう決意して、立ち上がった。

昨日着てきた自分の服は、井藤が洗濯機の中に入れてしまっていた。

だがむしろだぶだぶの井藤の服を着ているほうが変装になるかもしれない。

鍵を持って、佐那はそっと井藤のマンションを出た。

高級住宅地にあるマンションで、知り合いがいるのではないかとおそれていたが、立地的にその危険性は低いと昨夜わかった。

高級スーパーとかレストランとか、そういう店がある一帯に近寄らなければ大丈夫そうだ。

マンションの駐車場を通って裏口から出ると、一方通行の狭い道に出た。

そこからさらに、車の入ってこられない、人気《ひとけ》のない道を選んで駅のほうに向かおうと、小走りになる。

その時……

「佐那」

背後から、名前を呼ばれた。

よく知っている声に。

佐那の足は、勝手に立ち止まっていた。

前方の物陰から、スーツ姿の男が二人、姿を現す。

そして佐那がゆっくりと振り向くと……

そこには、一人の男の姿があった。

淡いグレーの、上質のスーツ。井藤よりも少し身長の低い細身の身体。きちんと横分けにした髪、そして銀ぶちの眼鏡。

「……兄さん」

佐那は呟くように言った。

兄の慎也《しんや》は、眉を寄せてじっと佐那を見つめ……それからゆっくりと近づいてきた。

もともと硬質に整った、佐那とはあまり似ていない謹厳な顔は、久しぶりに見ると少し痩《や》せてさらに厳しさを増したようにも見える。

「佐那、どういうつもりだ」

慎也は厳しい声で尋ねた。

「どういう……って……」

「お前が自立したいと言うから、仕方なく家を出ることを許した。だが、あんな男と一緒にいることを許した覚えはない。家に連れて帰るぞ」

佐那ははっとした。

慎也は……井藤とのことを知っているのだろうか？　どこまで？

いや、それだって兄には関係のないことだ。

「僕は帰りません」

佐那は一歩後ずさった。

「僕は……僕は、兄さんにとって邪魔な存在のはずです。でも僕は、兄さんに迷惑をかけるつもりはないから……どうか、放っておいてください」

「放ってなどおけるか！　あんな男の手中に落ちておきながらよくそんなことを」

兄の言葉は険しい。

それはやはり、佐那が同性である井藤と、恋愛関係にあることを指しているのだろうか。

でも、井藤がどういう人間かを知ってもらえれば。

「井藤さんは……」

佐那が言いかけると、

「あの男の名前を呼ぶな！」

慎也は鋭い声で遮った。

「あいつと同じ音の名字であることが、昔からどれだけ不愉快だったか！　それなのにお前はよりによってあいつと……そんなに私を怒らせたいのか！」

「え……」

佐那は、慎也の言葉を理解するのに数秒を要した。

兄を怒らせたい……そんなつもりはない。

それよりも……

「兄さんは……井藤さんを、あの人を知っているの……？」

「……なんだと？」

慎也は訝しげに佐那を見つめる。

「ということは……あいつはお前に何も言っていないのか？　私とあいつとの間に、大学時代からの因縁があることを」

井藤と兄の間に……大学時代からの因縁？

「知らな……」

そう、出身大学なども聞いていない。

聞いていれば、兄と年も変わらないようだったから、顔か名前くらい知っているかもしれないと思っただろう。

だが……佐那も、自分の出身校の名前など言っていない。井藤も尋ねなかった。

そういう、バックボーンや経歴など関係なく、ただ素のその人に惹かれた、そういう関係になったのだと思っていたのだが……

いや、でも。

「あの人は……僕が兄さんの弟だと、知らなかったんじゃ……」

「そんなはずがあるか」

忌々しげに慎也は吐き捨てた。

「あいつほど周到で、狡猾《こうかつ》な男が、お前と俺の関係も知らずにお前に近づくわけがない」

周到で狡猾。

佐那が知っている井藤の姿にはとても結びつかない言葉だ。

「とにかく」

慎也がちらりと佐那の背後に目をやり、佐那がはっとして振り向くと、すぐ後ろに、二人の男が忍び寄ってきていた。

「家に連れて帰る」

慎也の言葉とともに、逃げ出す間もなく佐那の腕は両側からがっしりと摑まれていた。

久しぶりに戻った実家で、佐那は慎也と向かい合っていた。

ぎこちない沈黙は、佐那も見知った使用人が紅茶と茶菓子を置いて去るまで続く。

そしてティーカップは以前から家にある、佐那が好きな小花模様のものだし、焼き菓子もまた、佐那がよく知っている、以前からいる料理人が作ったものとわかる。

生まれてから高校二年の半ばまで住んだ家だ。

井藤のマンションとも車で十五分ほどしか離れていない住宅街だが、こちらはマンションではなく板塀の中に広大な敷地を抱え込んだ屋敷で、先祖伝来の和館と祖父が建てた洋館があり、佐那と慎也が今座っているのは、その洋館の応接間だ。

ここで……佐那は両親と、一回り年上の兄と四人家族で、何不自由なく育った。

戦前の財閥にルーツを持つ伊藤の家は十数社のグループ企業の頂点に立っており、佐那の祖母も母も、旧華族の出身で名門の係累も多い。

家の中には常に何人もの使用人がいて、洋館のホールでは夕食会が、和館では茶会や季節の催しがしょっちゅうあり、人の出入りが多い家だった。

佐那自身は、幸せに育ったとも思う。

子どもであった佐那は、家族の間にある微妙な陰に気づかなかったから。

いや、兄が自分と同じ母のもとに生まれたのではない、それは気づいていた。

だがそれでも、母と兄は互いを気遣い合って穏やかな雰囲気だったし、佐那は兄を尊敬していた。

とはいえ、普通の兄弟のような親しみはなかったかもしれないが、佐那はそれを、年が離れているせいかと思い、気にしてはいなかった。

しかし火種がくすぶっていたことを知ったのは、高校一年生の終わりに、海外に出かけていた両親が事故で亡くなった時だ。

それまでは暗黙の了解のうちに慎也が跡取りとされ、関連会社で修業もはじめていたのに、親族たちが横やりを入れてきたのだ。

慎也の実母は、父と結婚していなかった。

父が学生時代につき合った、なんの後ろ盾もない女性が、父と別れさせられた後で産んだ子どもだった。

その後、父が正式に結婚したのが佐那の母で、結婚後間もなく慎也の存在を知った。

母はなかなか子どもに恵まれず、慎也が中学に入る直前くらいに実母を亡くしたことを知り、長男として本宅に引き取ったのち、佐那が生まれた。

佐那にとっては生まれた時から一緒に暮らしている兄だが、親族たち……特に母方の親族にしてみれば「どこの馬の骨とも知れない女の産んだ子」よりも、佐那のほうが正式な後継者にふさわしいと、佐那を担ぎ出す方向に進みはじめたのだ。

佐那にとっては、青天の霹靂《へきれき》だった。

そもそも佐那は、自分が経営者に向いているとは思っていない。

慎也は跡取りとしての教育を受け、成績も佐那よりずっと優秀で、父も、慎也に継がせるつもりだった。

それなのにその兄を差し置いて、自分が跡取りになるなど、とんでもない。

しかし、兄がその地位を確立する前に父が亡くなってしまったことで、後ろ盾のない兄のかわりに佐那を……という動きが出てきてしまったのだ。

「お前は、その肩に香月グループを担う気はあるのか?」

ある日、たまたま二人きりになった時に、慎也は佐那に向かってそう尋ねた。

その時の、慎也の表情のない顔、平坦な声音を、佐那は忘れられない。

兄弟の間に、おそろしく深い溝があるのだと唐突に実感した瞬間のことを。

「僕には……そんな能力はありません」

そう答えた時の、兄のあの、皮肉な笑みも。

能力がなくても、親族の補佐があればその地位にはつける、能力の問題ではないと、兄は皮肉に考えたのだろう。

親族がかわるがわる家に乗り込んでくるようになり、あまりの居心地の悪さに、佐那は高校の寮に逃げた。

そして高校卒業後は、大学で経営を学びながら兄の傍《そば》で仕事を学ぶように、と親族会議で決定された時、佐那は逃げなくてはと思った。

このままではいずれ、自分は兄からその地位を奪い取ることになってしまう、と。

兄も不本意ながら、佐那に譲らざるを得なくなる。

自分の存在そのものが、災いの火種になる。

それで……家出同然にこの家を離れた。

数度、親族や慎也に見つかって連れ戻され、「家から大学に通い、系列の会社に入るように」と命じられたが、また家を出た。

そうこうしているうちに兄の立場も確固たるものになり、親族も諦めてくれるのではないかと思ったのに。

「……それで」

使用人が応接間を出ていくと、佐那は自分から口を開いた。

「兄さんはずっと、僕のことを見張っていたんですか？」

「……当然のことだ」

慎也はふうっとため息をついた。

「野垂れ死にさせるわけにもいかないし、警察沙汰や新聞沙汰もごめんだからな。それなのにお前は、私からの送金にまったく手をつけようともしないし」

佐那がいないほうが都合がいいはずなのに、慎也が佐那を探し続け、家に連れ戻そうとしていたのは、そういう世間体を気にしてのことだったのだろうか。

自分は、この家にいてもいなくても、兄にとって迷惑な存在なのだと思い知らされる。

だが今の佐那はとにかく、井藤が慎也の知り合い……それも、学生時代に因縁のある相手だったということが、まだ信じられないような気がしている。

その話をしたい。

本当のことを知りたい。

しかし慎也は、佐那が口を開く前に、忌々しげに言葉を続ける。

「とはいえ、あの花屋を見つけるのには手間取った。見つけたと思ったらすぐに、花屋はなくなって、お前を見失ってしまった。だが、あの花屋の移転先があいつのホテルだと知って、私は、陰謀を確信したんだ」

「陰謀……？」

「もちろん、あいつのだ」

慎也は意地でもイトウという音を、井藤のものとしては発音したくないらしい。

「どこからどう攻めようかと思っていたら、お前の口座が動いた。それで、引き出しのあったATMの周辺で、あいつに関係した場所を徹底的に探したら、あのぼろアパートが、あいつの名義だったというわけだ」

そういうことだったのか……！

まさか、口座が見張られていたとは思わなかった。

佐那は「見苦しい生活だけはするな」と言われ、強引にあの口座のカードだけを持たされたのだ。

使うつもりはなかった。

実家の金は、すべて現当主である慎也のものだ。

自分は、自立し、自活する、そう思っていたから。

だが矢部の苦境に、あの口座のことを思い出して引き出した、まさかそこから探り当てられてしまったとは。

「……僕は、兄さんに迷惑をかけるつもりはありません」

「あいつの手の内に嵌《は》まっていてか？」

慎也は突然、ずばりと核心に触れた。

「調査会社から、お前とあいつが親しげにしている写真を見せられて、私がどれだけショックだったかわかるか？」

親しげに……どういう場面のことだろう。

二人でアパートの周りの花壇を作っているところ？　買い物をしているところ？　それとも……井藤のホテルで食事をしているところ？

「これだけは確認しておきたい。お前は……あいつと、その、寝たのか？」

露骨な言葉に佐那はぎょっとした。

つまり、慎也は……井藤がそういう……同性を好きになる人間だと知っているのか。

そして井藤のマンションから出てきた佐那は、井藤とそういう関係になったのだと、確信している口ぶりだ。

慎也自身、謹厳で禁欲的な雰囲気で、浮いた話はなかった。

つき合った女性くらいいるのかもしれないが、そういう相手を家に連れてきたこともなかった。

その慎也の口から「寝た」などという言葉が出たのはショックだ。

そして、それは……

佐那は自分をじっと見つめている兄の鋭い視線に、すべてを見透かされてしまいそうで、視線を泳がせ……俯いた。

嘘はつきたくない。しかし、自分と井藤との関係を、ただ「寝た」などという言葉で言い表されたくない、という気もする。

そんな言葉では表現できない、もっとこう、時間をかけて心と心が接近し、理解し合った上の行為だったのだと思う。

だがそれを兄に説明してわかってもらえるものなのだろうか。

慎也は、その佐那の沈黙を、自分の問いを「認めた」とだけ受け取ったのだろう。

「……くそ、あいつ……っ」

慎也が拳をテーブルに叩きつけ、紅茶が跳ね、こぼれる。

「どうしてあいつとそういう仲になった？　これまで奥手で恋愛とは縁のなかったお前が、よりによってどうしてあいつと？　お前のほうから好意を抱いたわけじゃないだろう。あいつからお前に近づいて甘い言葉で誘ったんだろう？　自分のことは何も言わず、私を知っていることなどおくびにも出さずに？」

畳みかけてくる慎也の言葉に、佐那はぎくりとした。

それは……そうだ。

井藤のほうから、佐那に接近してきた。

告白して……つき合ってほしいと言ってくれた。

慎也を知っているなどとは言わなかった。

胸の中にもやもやとした不安感が湧き上がってくるのを、佐那は必死に抑え込んだ。

「でも……でもそれは、あの人だって、僕が兄さんの弟だとは知らなかったのかもしれない。イトウなんて、どこにでもある名字なんだから」

井藤のように少し変わった字ならともかく、伊藤はありふれている。

佐那の家が、日本の財界で一番有名かもしれない伊藤であることは確かだが。

しかし慎也は口惜しげに唇を噛む。

「そんなわけがあるか。すべて調べをつけてお前に近づいたんだ。あいつは学生時代から、私と敵対し、私を軽蔑し、私に屈辱を味わわせることだけを考えていた。忌々しいが狡猾で頭もいい。お前のような、世間知らずで純情な人間を手玉に取るなど簡単なことだ」

あの人はそんな人じゃない、と言おうとして、佐那ははっとした。

そういえば……

井藤は、どうして自分を好きになってくれたのだろう。

自分のどこを、好きになってくれたのだろう。

それを……井藤は、ちゃんと言葉にはしてくれていない。

恋愛経験のない佐那は、そういうものかと思っていた。

言葉にするようなことではなくて……好きになった理由など、自分の中にちゃんと存在すればいいのかと思っていた。

だが、自分なんかのどこをそんなに好きになってくれたのだろう、という疑問は……常に頭のどこかにあった。

もし……もし、井藤が計算ずくで自分に近づいたのなら？

そもそも「好き」という気持ちすら、偽りのものだったのだとしたら？

「……違うっ」

佐那は頭を激しく左右に振った。

こんなふうにあの人を疑ってはいけない。

自分が好きになった井藤という人は、そんな人じゃない。

けれど……

慎也が描く井藤の姿と、自分が知っている井藤という人間はまるで違う。

佐那に見せていた、あの、不器用で優しい男の姿そのものが……偽りだったのだとしたら……？

否定しようとしても、「では井藤は自分のどこを好きになってくれたのか」という疑問に対する答えが見つからない。

佐那は自分に……そんな自信はない。

それでも佐那は、もうひとつだけ、わずかな可能性にしがみつこうとした。

「兄さんの言っている井藤さんと……僕が知っているあの人は……本当に、同じ人なんですか……？」

兄はふう、とため息をついて立ち上がった。

「そこを疑うか。アイズホテルチェーンの井藤美津明……では足りないんだな。ちょっと待っていなさい」

そう言って、応接間を出ていく。

佐那は気持ちを落ち着かせようと、半ばこぼれてしまった紅茶のカップに口をつけた。

──佐那が好きなブレンドだ。

厨房の者が佐那が好きだと知っている紅茶を、切らさずにいてくれたのだ。

じんわりと胸が切なくなる。

確かにここは佐那の家だけれど……いてはいけない家なのだ。

やがてすぐにまた兄の足音が聞こえた。

「忌々しいが、この中にならあいつの写真もあるだろう」

テーブルの上に置いたのは、大学の卒業アルバムだ。

「確か……ゼミ別の」

兄がページをめくり、示して見せた写真に、確かに井藤の顔があった。

十人ほどの集合写真の真ん中で、自信に満ちた笑みを浮かべている、長身の男。

佐那が知っている、不器用で優しい笑みとは少し違う……こんな表情もするのだと思わせる顔だが、頬にできる皺は同じだ。

「……男にも女にも、憎らしいほどよくもてた。口惜しいが、人望もあった。だが成り上がりの下品な男だった」

　慎也が写真を見つめながら、眉を寄せる。

「あいつや、あいつを取り巻く連中は、私のような……家柄がいいと言われている人間を敵視していた。自分たちは叩き上げの実力派であり、家柄がいいだけの能なしとは違うと。気がついたら私は家柄派の代表のように、あいつに敵視されていた」

　家柄派と、叩き上げ派。

　確かに井藤は、学生時代に投資で稼いだ金を元手に自分ではじめた事業を成功させた、叩き上げ派の代表にふさわしいのだろう。

　それに対し慎也が家柄派の代表と目されたというのは、二人がそれぞれに優れていたからなのだろうとも思う。

「ずっと私を敵視していたあいつが……私に当てつけるようにお前に目をつけたのだとしても、私は驚かない。あいつのやりそうなことだ」

　慎也の吐き捨てた言葉が、佐那の胸に突き刺さる。

　写真に写っているのは間違いなく井藤だ。

　兄が語っている人物も……佐那が知っている井藤とはまるで違うけれど、同じ人のことなのだ。

　いったい自分は、どちらを信じればいいのだろう。

井藤を信じたい。

伊藤慎也の弟であるなどとは知らず、ふらりと偶然立ち寄った生花店で自分と出会い、そして好きになってくれた。

そう信じられたら、どんなにいいだろう。

でも……自分のどこを？　という疑問に、佐那は立ち返ってしまう。

自分のどこをそんなに好きになってくれたのか。

疑う気になれば、生花店が入っていた……佐那が住んでいた建物が取り壊されるところから、井藤の企《くわだ》てたことだと疑うこともできる。

生花店は井藤のホテルに移り、仕事と住む場所を失った佐那を、ホテルオーナーである井藤がたまたまあんな場所に持っていたアパート――井藤の立場には似合わない――に、佐那の居場所を与える。

それも……慎也の手の届かない場所に、佐那を隠しておくためだったとしたら？

そんなふうには思いたくない。

でも、自分に、井藤に好意を持ってもらえるような「何か」があると思うよりも、そちらのほうがよほど自然だ。

頭の中が混乱して、冷静に考えることができない。

ぽろ、と佐那の目から涙がこぼれた。

慌てて拳で拭おうとするのに、次から次へと涙がこぼれてくる。

「とにかく、もう家に戻りなさい。やはりお前のような素性の人間に、ああいう暮らしは無理だったんだよ」

慎也が静かに言った。

無理だった。

家から離れて……自力で、静かに生きていくことなど。

そして佐那が家に戻ったと知れば、また親族たちが慎也に対し、ゆくゆくは事業を佐那に譲れとうるさく言ってくることだろう。

結局、兄に迷惑がかかってしまう。

「ごめんなさい……」

佐那は震える声で言った。

「本当に……ごめんなさい……」

兄は無言で困ったように佐那を見つめていたが、やがて小さくため息をついた。

「部屋に、戻りなさい」

佐那は頷いて立ち上がり、応接間を出ると階段を上がり、子どもの頃から馴染んだ、自分の部屋に向かった。

ちか、ちか、と何かが小さく光っているのに気づいたのは、夜中だった。

佐那の部屋は佐那が出ていった時のまま、きれいに保たれていた。

勉強部屋と寝室の続き部屋で、二つの部屋を隔てるドアは開けたままにする習慣だ。

真っ暗だとこわい。

明るすぎても眠れない。

勉強部屋の電気を中くらいの光度にして、扉を開けておくとちょうどいい、ということに気づいたのは小学生の頃だっただろうか。

アパートに井藤を泊めた夜、小さな灯りをつけておいてもいいかと尋ねた佐那に、井藤は「どんな環境でも眠れる」と言ってくれた。

そんなことを思い出してしまい、慌てて頭から振り払おうとしたりして、なかなか眠れない。

何度も寝返りを繰り返しているうちに、ふと目の端に、光がよぎったのだ。

ちか、ちか……と、本当に小さく。

佐那は起き上がった。

寝室の隅、クローゼットの脇に置かれている小さなテーブルだ。

以前から、佐那がその日着たものは、部屋の隅の籠に入れておくことになっている。

使用人が洗濯室にそれを持ち去る前に、ポケットの中を確認して、何か入っていたらその小さなテーブルの上に置いておく。

そんな習慣を、佐那は忘れかけていた。

今日佐那が着ていた井藤からの借り物は、籠に入れたのではないが、どうやら佐那が入浴している間に回収されてしまったのだろう。

そしてポケットの中に入っていたものといえば……

佐那ははっと気づいて、ベッドから飛び出しテーブルに駆け寄った。

そこには、井藤の家の鍵と、スマートフォンが置かれていた。

そう、佐那は花に水をやるためにアパートに戻ろうとして、兄に見つかったのだ。

井藤が買ってくれたスマホの中には、これも井藤に教えられて、三千円ほどがチャージしてあり、それで電車に乗ろうと思って、持って出た。

兄との会話の中で、そんなことも忘れていた。

そしてちかちかしているのは、着信があったということだ。

慌ててスマホを手に取ると、……井藤からのメッセージが何件も入っていた。

『佐那、出かけたのか？』

『佐那、何かあったのか？』

『連絡してくれ』

『大丈夫か？　心配している。何か一文字でもいいから返信してみてくれ』

『佐那、どこだ』

次第に不安が募っていくような、井藤のメッセージ。

どうしよう、どうすればいいのだろう。

もしかして井藤が、慎也の言うように佐那を騙していたのだとしても……井藤名義で買ってもらったスマホを持ったまま、いきなり行方《ゆくえ》知れずになるのはいけないことのような気がする。

だがこんな真夜中に返信してもいいのだろうか。

こういう時のルールもよくわからずにこの年まで来てしまったのだが、電話をかけるわけではないから、メッセージだけ入れておけばいいのだろうか。

兄の言葉を信じていいのかどうか……井藤の思惑もわからないまま、それでも、事故にでも遭ったと心配しているのなら、そうではないと知らせるために。

佐那は躊躇いながら、文字を打ち込んだ。

『僕は大丈夫です。スマホはいずれお返しします』

送信を確認し、テーブルにスマホを置こうとした時……手の中でスマホがぶるぶると震え、同時に呼び出し音が鳴り響いた。

電話だ、井藤からの。

まさか眠らずに、佐那からの連絡を待っていたのだろうか？

音を止めないと……しかし、電話に出る以外の止め方がわからない。

佐那はとっさに電話に出た。

「……もしも……」

「佐那か⁉」

勢い込んだ声。不安と安堵《あんど》がないまぜになった、いつもの井藤の声だ。

「井藤さん……」

「どこにいる？　何があった？　ＧＰＳがおかしな場所を指している」

それでは井藤には……佐那がいる場所の見当がついているのだ。

佐那はごくりと唾を飲んだ。

「……実家に……兄に、見つかって」

「兄？」

まるで、佐那の兄のことなど知らないかのような声。

もしこれが芝居なら……佐那が見ていた井藤は、全部偽りだったということになる。

でも。

「伊藤慎也です……大学が一緒だったと聞きました」

井藤が佐那を騙していたのなら……これで、すべてが露見したと悟るだろう。

電話の向こうで、井藤が絶句したのがわかった。

心臓が口から飛び出しそうだ。

そして。

「イトウ……イトウ、伊藤慎也、香月グループの⁉　え？　まさか……佐那、きみはあの伊藤の⁉」

混乱したその声を聞いて、佐那は、これは芝居などではない、と思った。

信じたい。

信じる。

この人は本当に知らなかった。

「井藤さん……」

「佐那、それじゃあきみは、戻りたくて家にもど――た――れと――」

突然電話の向こうの声が、小さく切れ切れになった。

「井藤さん⁉」

呼びかけたが……向こう側はしんと静まり返っている。

佐那が耳からスマホを離して画面を見ると、充電切れになっていた。

どうしよう。

充電ケーブルなど、持っていない。

そして最後に聞こえた井藤の言葉は……佐那が、戻りたくて家に戻ったのかと尋ねたのではなかったのだろうか。

それに対し、佐那が無言で電話を切ってしまったと思われたら。

いやだ。

このまま、井藤に誤解されたまま、これきりになってしまうのは。

会いたい。井藤に会いたい。

会って、顔を見て、抱き締められて、キスをして。

そして言いたい。

井藤が好き。

今この瞬間、佐那にはわかった。自分が、どれだけ井藤のことを好きか。

最初にアレンジメントを作ったあの瞬間から、佐那は「この人の役に立てる」ことが嬉しかった。

長身でスマートで頭の切れる実業家でありながら、どこか不器用なところが好きだった。

地位や財力を鼻にかけず、気さくで率直なところが好きだった。

その井藤が、佐那の素性を詮索せず、佐那に居心地のいい居場所を与えてくれたことが、どれだけ嬉しかっただろう。

井藤に会いたくて、井藤に会えれば嬉しくて。

だが——井藤は？

ざわりと、佐那の背中に冷たいものが走った。

佐那には、井藤は本当に、佐那が伊藤慎也の弟だとは知らなかったように聞こえた。

でも、だとしたら……佐那が学生時代に確執のあった相手の弟だとわかったら。

彼は、佐那と「恋人」でいてくれることを望むだろうか。

いや、もしかしたら……兄が疑ったのと同じように、井藤は、佐那が兄の意を受けたとか、そんなことを考えてしまうのではないだろうか。

違うのに。

——やはり、井藤に、会わなくては。

会ってちゃんと、兄のことは関わりなく、井藤が好きなのだと言わなくては。

それで井藤が、佐那との関係は続けられないと思うのなら、それは……仕方ない。

慎也には申し訳ないと思うけれど……この気持ちはどうしようもない。

佐那はいてもたってもいられなくなって、パジャマのまま部屋を抜け出した。

裸足のまま階段を降り、建物の横手の、庭に通じる小さな扉を出る。

佐那の記憶通りなら、和館に通じる木立の奥に石灯籠《いしどうろう》があって、そこに足をかければ板塀を越えられる。子どもの頃からそれは、庭師と佐那の秘密だった。

庭に点々と置かれた照明の光がわずかに届く木立に分け入り、石灯籠の場所を探すと、すぐに見つかった。

このまま、ここから塀を越えて――と、石灯籠に足をかけた瞬間。

「どこへ行くつもりだ！」

背後から慎也の声がして、佐那ははっと振り向いた。

途端に、懐中電灯の光が佐那の目を眩《くら》ませる。

「兄さん……」

「家を抜け出して、あいつに会いに行くつもりなのか？」

兄が佐那に近寄りながら、怒りを抑えきれない声で言った。

「そんなことをしたら、未成年者を誘拐したと、あいつを訴える」

「そんなっ」

佐那は、慎也が本気だと気づいた。

そして、自分が今、未成年なのは事実で……無理矢理に井藤のところに行ったら、井藤に迷惑がかかってしまうのだと。

――どうしようも、ない。

がっくりと項垂《うなだ》れた佐那の腕を、慎也がそっと摑んだ。

「わかってくれ。お前のためなんだ」

慎也の声が優しいのを感じ……佐那はいっそ、自分たちが憎み合っている兄弟でもあったらむしろ楽だったのに、と胸が絞られるように痛むのを覚えた。

家を出ていこう。

今度こそ、永遠に。

佐那はその日を、一ヶ月後に決めた。

それまでは、慎也の言う通りにこの家にいる。

慎也の言う通りに、外の誰とも連絡は取らない。

大学にはいずれにせよ行きたいと思っているから、勉強はする。

そして、その日が来たら……出ていく。

そう思い定めて静かに生活をはじめた佐那を、慎也は最初は不安そうに見ていたが、自分の仕事が忙しいこともあり、次第に佐那にばかり視線を注がずにいるようになった。

とはいえ使用人たちの目は、常に佐那に注がれている。

「慎也さまのお言いつけなので」と気の毒そうに見るものの、庭の散歩などにも必ず誰かがつき添って、気を紛らわそうとしてくれつつも、目を離さない。

そして……その日が来た。

今日は、慎也に時間を取ってもらって、自分の決意を話さなくては。

そして、そのまま出ていく。

慎也は、今日は休日で家にいるということは使用人に聞いてある。

書斎にいるのだろうか、それを確認しなくては……と、佐那は廊下に出て、誰か使用人を探そうと階段を下りようとした。

その時……階下の玄関のほうから、慎也の険しい声が聞こえた。

「これはどういうことです」

「まあまあ、慎也くん」

穏やかな声音には聞き覚えがある。亡くなった父の親友、乾《いぬい》だ。

レストランチェーンの持ち主で、慎也とも佐那とも血縁関係はないが、伊藤家の事業の株もある程度持っており、一族も一目置いている人だ。

「彼は、きみが正面からでは会ってくれないというので、私という搦め手を使ったのだよ。どういう仲か知らないが、きみも大人気《おとなげ》がないじゃないか」

「乾のおじさまはこの男をご存知ないから——」

「いやいや、存じているよ、私の店が彼のホテルに出店しているからね。なかなかの男だと思っているんだが」

佐那の心臓が、ばくばくと音を立てはじめた。

誰の話をしているのだろう。

まさか——まさか。

「それで、佐那は？　彼が用事があるのは佐那くんのようだが」

「佐那には会わせません！　会いたくないはずだ！」

慎也の鋭い声に、

「それは本人の口から聞きたい」

落ち着いた声音で答えたのは——

「井藤さん！」

佐那は思わず叫んでいた。

階段を駆け下りると、玄関ホールに……そこに井藤の姿があった。

兄と向かい合う、口ひげを生やしたロマンスグレイの乾の斜め後ろに、一歩下がって、
しかし佐那にはその姿だけが、まばゆい光を放っているように感じる。

さっと佐那に顔を向け、井藤の顔が輝いた。

両腕を広げる。

その腕の中に——佐那が飛び込もうとしたが、強い力が佐那の腕を摑み、引き止めた。

慎也だ。

「佐那！　部屋に戻りなさい！」

その瞬間、佐那は、もしかしたら生まれてはじめて、強い口調で兄に逆らっていた。

「いやです！　放して！」

渾身《こんしん》の力で、兄の腕を振り解こうとすると、

「まあまあ、落ち着きなさい、二人とも」

乾が割って入った。

「それじゃあ佐那は、この井藤美津明くんを知っているんだね？　彼の話を聞くかい？」

その穏やかな声音が、佐那の気持ちを少し落ち着かせる。

しかし、井藤から目が離せない。

井藤が会いに来てくれた。会いに来て……そして、どうしようというのだろう？

何をしに来たのだろう？

すがるように井藤を見る佐那を、井藤は真っ直ぐに見つめ返し、そしてわずかに目を細める。

井藤が一歩進み出た。

「佐那くんを、いただきに来ました」

そう言って、佐那の前に膝をつくと、背後に回していた腕を前に回す。

その手には、花束。

一見、雑多で色合わせもまったく考えていない、寄せ集めのように見える花束。でも。

「佐那くん、俺のものになってもらえるだろうか？」

井藤が、真剣な声で尋ねる。

佐那の唇が震えた。

井藤の声や瞳や……いや、それがなかったとしても、この花束を見れば、わかる。

井藤は……兄への当てつけなどではなく、本当に佐那を求めてくれているのだ。

佐那が慎也の弟であるかどうかは関係なく。

それが、井藤の真剣な顔つき、優しい視線からわかる。

「井藤さ……」

佐那は思わず、井藤の前にへなへなと膝をついた。

「僕……僕、いいんですか、井藤さんの……」

「待て！」

慎也が怒りを隠さず、井藤と佐那の間に割って入ろうとする。

「冗談じゃない、許さない！　こんな安っぽい悪趣味な花を持って、私を……そして佐那を馬鹿にするために来たとしか思えない！」

「この花か」

井藤が不敵ににっと笑って、佐那を見た。

「きみには、わかるな？」

佐那は、頷いた。

「この花束は、全部、井藤さんが買った花、ですよね……？」

これはすべて、あの生花店で、毎日一本ずつ、佐那の勧めで井藤が買っていった花。

小ぶりのバラ、スプレーカーネーション、ストック、かすみ草など……メインもサブもなく、一輪挿しが似合いそうな花を束にしたその花束こそは、あんなに花のことがわからないと言っていた井藤が、すべての花を思い出しながら選んだものの集合体。

佐那のために。

佐那は視界が滲むのを感じながら、花束に手を伸ばし、両手で受け取る。

「僕にとって……これ以上素敵な花束はありません……！」

そう言った、瞬間。

「お前はそれほどまでに、私が嫌いなのか！」

慎也が、爆発した。

「それほどまでに私を嫌い、そして私を見下して嫌っている男と一緒になって、私を嗤《わら》うつもりなのか！」

佐那は驚いて兄を見た。

謹厳で冷徹……それがずっと、兄のイメージだった。

「え……に、兄さんを、嫌うなんて……！」

「では憐《あわ》れみか？　お前が自分から身を引けば、親族は仕方なく私を正式な当主と認めると？　私は、お前が当主になるのなら、お前の補佐としてお前をもり立てていこうという覚悟もあったというのに――」

「待って……待って」

こういう時、佐那はとっさに言葉が出てこないのがもどかしい。

「違う、僕は、僕は兄さんを嫌いじゃないし……憐れみなんて……僕はただ、僕がいたら兄さんの邪魔になるって」

「それが憐れみでなくてなんだというんだ」

「だって、僕は事業なんて向いてなくて、やりたいとも思っていないのに、たとえお飾りでも僕なんかがいたら、邪魔にしか……」

「ちょっとお待ち」

驚いたように口を挟んだのは、乾だった。

「佐那くん、きみは事業に興味はないのか？」

「あ……ごめんなさい」

佐那ははっと気づいた。

乾も、親族ではないがオブザーバーとして親族会議に関係している。

佐那は自分に期待する親族を裏切るのは本当に申し訳ないし、そういうことに向かない自分が情けないとも思うが……

「僕は本当に……だめなんです、経営とか……人の上に立つとか、そういうことを考えただけで……兄さんのほうがずっとふさわしいのに……」

「ちょっと待て」

今度は慎也が割って入る。

「お前、それは本気で……？　私に遠慮してのことでは……？」

どこか呆然《ぼうぜん》とした顔で。

佐那もわけがわからず、とりあえず首を振る。

「僕は本当に……だから、家のことは、兄さんにお任せしますって……」

家を出て連れ戻されるたびに、それははっきりと言ったつもりだったのだが。

「どうやら、誤解があるようだ」

乾が腕組みをした。

「私は、佐那くんには亡くなった由紀子《ゆきこ》さんから相続した株もあるし、当然の権利として、成人したら経営陣に加わるつもりがあるのだと思っていたし、親族会議でもそう聞いたんだが。そうじゃないんだね？」

「ちが……違います……僕は、そんなつもりは……」

佐那は首を振った。

由紀子というのは、佐那の母の名前だ。佐那には確かに、父からの相続分と別に、母からの相続分もあるはずだが、詳しい数字のことはよく知らない。

こういう家に生まれながら、事業になんの興味も持てないというのは、自分の欠陥のように感じている。

「じゃあ、佐那くんを担ぎ出そうとしているのは、由紀子さんの親族が勝手に？　慎也くんに遠慮して家を出たというのはどういう気持ちで？」

「それは……そういう人たちがいるので……僕がいたら兄さんの邪魔になると思って……だって、父は兄さんに継がせるつもりで会社に入れて、勉強も修業もさせて……兄さんにはそれだけの能力もあって、兄さんこそがふさわしいって、僕も思いますから」

「能力があるだと……？」

慎也の頬がぴくりと動いた。

「私にそんなものがあるものか。私は父とは違う。天性の能力などない。業績を落とすまいと、ただただ必死なだけだ」

「おいおい」

呆れたように口を挟んだのは……それまで黙ってやりとりを聞いていた井藤だった。

「お前に能力がないって？　学生時代から、学部はじまって以来の秀才と言われていたお前に能力がないんだったら、誰にあるっていうんだ？　もっとも、お前が自分の能力を信じられずに自分を不幸にするタイプかもしれないとは思っていたけどな」

「黙れ！」

慎也が井藤を睨《にら》みつける。

「お前みたいな天才肌に私の悩みがわかるか！　塾にも予備校にも行かずに楽々大学に入ってきて、たいした苦労もしないでゼミの教授を唸《うな》らせる、お前のような奴に！」

「タイプが違うだけだろう。お前は努力型の秀才で、自分がこつこつ考えて築き上げるタイプだから、他人に教えたり任せたりするのもうまい。それは俺にはない能力だから、俺はお前に一目置いていたつもりなんだが」

「何が一目置いていただ、ひとをお坊ちゃん育ちと馬鹿にして」

「そりゃあ、お前が駄菓子屋の菓子をはじめて見たとか言うからだ」

「そもそも、大学にあんなものを持ち込んで遊んでいるからだ。お前のような脳天気な男と名字の読みが一緒で、教授に人違いされて褒められた時の悔しさがわかるか！」

「それは俺のせいじゃない、俺だってイトウ違いでだいぶ迷惑を」

「待ちなさい」

　呆れたように乾が口を挟んだ。

　佐那も思わず、呟く。

「兄さんたちの確執って……意外と……」

「くだらないことが原因なのか」

　佐那が遠慮した言葉を、乾が引き取って声に出す。

「くだらなくなど……っ」

慎也が口惜しそうにそっぽを向き、佐那は悟った。

慎也は確かに努力型の秀才で、家柄もいい、伊藤一族の御曹司と目されていたのだろう。

実際には実母が父の正式な妻ではなかったというコンプレックスがあったにしても。

一方の井藤は天才肌の叩き上げで、厄介な係累もしがらみもなく、それが慎也のコンプレックスを刺激した、ということなのかもしれない。

そしてそれぞれに、家柄派と叩き上げ派の代表のように祭り上げられてしまい、兄は井藤へのライバル心を募らせていった、ということなのだろうか。

「とにかく私は、お前が嫌いだ」

慎也はそう言って井藤を睨みつける。

対する井藤は。

佐那が思わず井藤を見ると……

「俺は、別にお前が嫌いじゃない」

あっさりと井藤が言った。

「だからといって特に好きでもないが、一目置いていたのは確かだ。何しろ、俺が首席を争って最終的に負けた相手なんだからな。今だって評価している。この不況下でどの分野も業績を落とさない手腕はさすがだと。香月グループのような大きなところでは、最も必要とされる能力だろう」

その言葉に、慎也はわずかにたじろいだように見える。

「そ、そんなことを言っておだてても……佐那とのことは許すつもりはない」

「じゃあどうすれば許してくれる？」

「土下座しろと言ったら？」

試すような慎也の言葉に……

「わかった」

井藤は頷き、ゆっくりと、慎也の前に膝をつき……そして、手をついた。

堂々と、こんなことはなんでもない、とでもいうように。

そして深々と頭を下げる。

「お兄さん、どうか佐那くんを俺にください。絶対に幸せにします！」

そのまま額を床につける。

「やっ……井藤さん、やめて、兄さん、兄さん！」

佐那が井藤の傍に膝をついて兄を見上げると、兄は口惜しそうに唇を嚙んだ。

「土下座なんて、安いものだと思っているだろう」

井藤が顔を上げ、慎也を見上げる。

「まあな。だとしたら、他に何を？」

「……お前の事業を、すべて手放してうちによこせと言ったら？」

「兄さん！」

いくらなんでもひどすぎる、と憤激しかけた佐那の肩に、井藤が静かに手を置いた。目を細めて、微笑む。

そして、また慎也を見つめる。

「いいだろう。アイズホテルチェーンのすべてを香月グループに」

「そんなことをしたらだめです！」

自分のために、一人で築き上げた事業を全部兄に渡すなんて、自分にそこまでの価値などあるはずがない。

「佐那」

井藤の笑みが深くなった。

「こんなことはなんでもない。事業はまた起こせばいい。これで佐那とのことを許してくれるというのなら、安いものだ」

「私はお前の……そういうところが嫌いなんだ」

慎也が唇を噛んだ。

「また起こせばいいと、自分に自信があるから、そんなことを言える」

ふう、とため息をつき……

「ホテルチェーンを貰っても仕方ない。だが、佐那を不幸にしたら、本気でお前のすべてを奪い取って二度と財界に足を突っ込めないようにしてやるだけの力はあるつもりだから、覚悟しておくんだな」

諦めたように、意外なほど静かに、慎也は言った。

佐那は驚いて兄を見た。

「兄さ……それは……」

「だめだと言っても、お前は出ていくんだろう。今日お前は二十歳になった。お前は自分のことを自分で決める権利がある。そうやってまた無理矢理出ていかれるくらいなら、仕方なくでも許したほうがまだましだ」

「覚えてくれていたの……？」

佐那は呆然と兄を見た。

兄は覚えていないと思っていた。両親が亡くなって以来、佐那が高校の寮に入ったこともあり、誕生日を祝う習慣などなくなっていたから。

そう、今日は佐那の二十歳の誕生日だ。

だから佐那は、今日、家を出ていこうと決めていたのだ。

もう未成年ではなくなる。

井藤が、未成年者誘拐犯だなどと言われずに済む。

佐那は井藤を見た。

井藤は呆然と慎也を見ていたが、はっとして佐那に視線を向けた。

その顔が、ゆっくりと優しい、包むような笑みに変わる。

「佐那、じゃあ改めて。俺と一緒に来てくれるか」

「は……」

頷きかけて、佐那ははたと気づいた。

この流れは……なんだか。

「あの、僕、もしかすると井藤さんのところにお嫁に行くんでしょうか……？」

そうとしか思えない流れなのだが、井藤と自分は男同士だ。

「違うのかい？　井藤さんが、佐那くんを貰いに行くから同行してくれと頭を下げてきたので、私はてっきり。近頃はまあ、そういう話も聞くから」

乾が瞬きし、慎也がずいと一歩進み出る。

「違うならいい！　行かなくていい！　誰がかわいい弟を、男に、しかも井藤なんかにやりたいものか！」

佐那が改めて井藤を見ると、井藤は緊張して佐那を見つめている。

「俺はそのつもりで。いや、籍がどうのこうのという話じゃなくても、きみが俺と一緒に来てくれるということは、そういうパートナーになってくれるということだと……いや、まだそれは早いのか？　じゃあ、結婚前提につき合ってほしい、というところまで戻したほうがいいのか?」

「え、え、あの」

佐那はなんだか……自分が笑いだしたいのか、嬉し泣きをしたいのか、わからなくなっていた。

井藤はそこまでの覚悟で自分を「貰いに」来てくれて、乾もそのつもりで同行して、慎也もしぶしぶ認めてくれて。

佐那本人は、それが、誰を傷つけることもなく、井藤とこの先ずっと一緒にいられるという意味なら、こんなに嬉しいことはない。

「僕で……僕でよければ……おつき合いはもう、していたので、ぜひこのまま、僕を貰ってください」

「やった!」

井藤が両腕を広げて、佐那を抱き締める。

「よかった。一瞬、振られるのかと思った……ほっとして腰が抜けそうだ」

耳元で気が抜けたように井藤が言って、佐那もなんだか膝の力が抜けそうになる。

でも、幸せだ。

幸せというのはこういうことなのだ。

井藤の力強い腕が自分を抱き締めていてくれて……そして慎也が、渋い表情で、しかし諦めと安堵に似たものを浮かべて、二人を見つめていて。

兄と自分、兄と井藤の間にあった何か複雑な結び目のようなものも、これからゆっくり解けていくのだろう……と佐那は感じていた。

結局のところ、佐那も慎也も思い込みが強すぎたのだろう、というのが乾の出した結論だった。

「慎也くんは、佐那くんが自分に気を遣って遠慮したのだと思い込み……佐那くんは、自分がいるだけで慎也くんの邪魔になると思い込み。だが、結局どちらも兄弟思いだったということだ。だがまあ、きみたちの本心はわかったから、親族のほうは私が収めよう」

乾がワインのグラスを口に運びながら言った。

いくらなんでもこのまま井藤に佐那を連れ去られるわけにはいかないと慎也が言い、用意してあった佐那の誕生日祝いの食事を急遽《きゅうきょ》増やして、四人で食卓を囲むことになったのだ。

出されたのは、両親が用意しておいたという、佐那の生まれ年に作られたワイン。

両親は慎也の二十歳の誕生日にも同じものを用意してあったのだという。

「おじさまには、この先もお世話になります」

慎也が頭を下げる。

「いやいや、もともと伊藤の……きみたちのお父さんの意思はそこにあったはずだからね。佐那くんの意思がはっきりすれば、親族も、慎也くんのもとに結束するだろう」

「それで」

慎也がじろりと、向かいに座る井藤を見た。

「お前は佐那をどうするつもりだ？　家の中に閉じ込めておくわけではないだろうな？　佐那は佐那で、何かやるべきことがあるはずだ」

「閉じ込めておきたいのは山々なんだが」

井藤がにやりと笑う。

「もちろん、佐那くんがやりたいことはなんでも。大学に行きたいんだろう？　学費は俺に出させてくれないか」

「そうはいかない、学費はうちで持つのが筋だ」

慎也と井藤が張り合いはじめたので、佐那は慌てて止めた。

「あの……僕、学費は自分で……自分のお金を、ちゃんと使います」

佐那の財産。両親の遺産は、相当な額になる。だが佐那は、伊藤の家と縁を切るなら自分にそれを使う権利はないような気がしていたし、とにかく一度ちゃんと、自活をしてみたかったのだ。

だが、今となってはそれは意地を張っていたのだと自分でも思う。

妙な意地で時間を無駄にするよりも、まずちゃんと大学を出ることだ。

「どんな勉強をするつもりなんだね？」

乾が尋ね、慎也と伊藤が佐那を見る。

「花に関係している……というか……」

「花って……フラワーアレンジメントとか、花屋とか、そういう方向？」

乾が尋ねたので佐那は首を振った。

佐那には、ずっと考えていたことがあった。

もともと、小学校で園芸部に所属した時から、自分の中に何かがあった。生花店で働きはじめたのも、植物に興味があったからだ。だがそれが、アパートの管理人として庭仕事をしている間に、次第にはっきりしたかたちになってきた。

「自分で、作りたいんです……花壇とか、公園とか、そういうものを」

街の小さな公園。公共施設のような、人が集まる場所の花壇。そういう場所を、一から作りたい。

「造園？　まさか土木系か？」

驚いたような井藤に、慎也が首を振る。

「どちらかというと建築・設計だろう。佐那はもともと美術系も得意だし、それもいいかもしれない」

「美術が得意なのか？　知らなかった」

そう言った井藤に対し、慎也は少し得意げな顔になった。

「お前の知らないことはたくさんある」

「いいさ」

井藤は不敵に笑う。

「これからはどんどん、俺のほうが詳しくなっていくんだからな」

「もう、二人とも……っ」

睨み合う二人と困り果てる佐那を見て乾が笑いだし……意外にもなごやかに食事の時間が終わる。

「今は、泊まりがけの旅行に送り出すようなものだ。週末には帰ってきなさい」

慎也の言葉に送られて、佐那は井藤とともに、家を出た。


「また、ここに戻ってきたんですね」

井藤のマンションに入り、佐那は不思議な気持ちでリビングを見渡した。

リビングのテーブルの上には、佐那が花瓶に挿したドライフラワーがまだそのまま飾ってある。

佐那は別な花瓶に、井藤が今日くれた花を活け、ドライフラワーと並べた。

これまでに見た中で、最高に美しい花束だと思う。

「……あの日、帰ってきてきみがいなかった時の不安と言ったら」

井藤が背後からそっと佐那を抱き締めた。

「書き置きもない、何時になっても戻ってこない、アパートにも戻っていない、メッセージを入れても返事もない……何か事故にでも遭っていたらどうしようかと思った」

佐那は、胸のあたりに回された井藤の腕に、自分の手を重ねる。

温かく、佐那をすっぽりと包んでくれる腕。

「そして、きみがあの……伊藤慎也の弟だとわかった時の驚きと言ったら」

井藤が苦笑する。

「もしかするときみは、俺が、あいつの嫌いな人間だとわかって家に戻ったんじゃないかとか……兄貴に俺のことを聞かされて、それで俺と切れるつもりで電話に出たんじゃないかとか……いろいろ、いろいろ考えた」

それは佐那も同じだ。

同じように、いろいろ考えて、不安になって。

「でもとにかく、当たって砕けようと思ったんだ。まずは兄貴に正面から当たったが、当然粉々だ。でも、諦めきれない。きみの顔を見て、きみの口から本心を聞きたい。そう思って、あれこれ調べて……乾さんに辿り着いた」

それもともと、井藤と乾の関係がよかったから、乾も間を取り持つ気になってくれたのだろうと思う。

「僕も……いろいろ考えて……もし井藤さんに嫌われたんだとしても、とにかく会いたくて……二十歳になったら、堂々と家を出られると思って」

「……うん、よかった」

しみじみと井藤が言って……少し腕を緩め、そっと佐那の身体の向きを変えさせた。

正面から見つめ合う。

「……俺が、どれだけ馬鹿なことを考えたかわかるか？　あの夜……したことで、何かきみに嫌われたのかと思った」

あの夜。その意味深な言葉に、身体を重ねた記憶が蘇り、佐那は真っ赤になった。

そんな……あれこれ、恥ずかしくはあったけれど、嬉しくて、まさかそれで井藤を嫌うなんて。

だがしかし、気になることもある。

「あの……兄が、あなたは、よくもてた……って。その、男の人にも、女の人にも」

井藤の過去に何があったとしても今の佐那には関係ないと思うものの、経験豊富な人には、佐那は物足りなかったのではないかと、そちらのほうが不安だ。

井藤は目元を赤くし、舌打ちした。

「あのやろう……っ、いや、悪い」

ため息をつき、佐那を見つめる。

「まあ……学生時代に、人が寄ってきたのは確かだ。しかし何しろ俺は……なんというか、相手から告白されて軽い気持ちでつき合っては、すぐに、デリカシーがないと言われて去られてしまうことばかりでね」

「デリカシー……？　井藤さんが？」

不器用だが、気遣いのできる優しい人だと、佐那は思うのだが……

井藤の額にはうっすら汗が滲んでいる。

「うーん、きみたち兄弟のことを言えないというか、俺も思い込みで突っ走るほうだから、こうすれば相手が喜ぶだろうということを勝手にやらかして、実はそうではない、ということが多かったというか」

佐那は首を傾《かし》げるばかりだ。

確かに井藤にも、思い込みで突っ走る傾向があるのは確かかもしれないが、井藤がそうやって何かしてくれたことで、申し訳ないとは思っても、迷惑だったり不愉快だったりしたことは、ひとつもなかった。

「全然、そんなふうには思いません」

「それは！」

井藤は、佐那の二の腕を強く摑んだ。

「自分から好きになったのは、きみがはじめてだったから！　失敗したくなかったから、とにかく慎重に行こうと……ああ、ごめん」

はっと気づいて佐那の腕から手を離し、その手のやりどころがないように、顔の前で振り回す。

「だが、おかげで挙動不審な人間になってしまったような気はしている。どうしてきみが俺を受け入れてくれたのか、実は未《いま》だによくわからない」

「井藤さん……」

佐那は思わず目を丸くし、そして笑いだした。

挙動不審といえばそう言えるのかもしれない。生花店の店員に、自分で選ばせた花束をプレゼントしたり、毎日花を一本ずつ買いに来たり。

それを井藤のような、容姿もいい、いかにもできる男ふうの人がやるのだから、佐那にとってはそのギャップが驚きだったし、面白かったし、好感を持てたのだが。

「僕、そういうあなたが好きになったんです、そういう……不器用だけど真っ直ぐに、僕への好意を伝えてくれたあなたが……」

「佐那」

井藤の目元がじんわり赤くなった。

「そうか……そう言ってもらえると嬉しい。じゃあ、俺も言っていいのかな」

ちょっと躊躇ってから、思いきったように口を開く。

「最初に店に入った時の、花のことなどまるでわからない俺に、きみがしてくれた応対が……本当に優しくて、気遣いに溢れていて、俺にないものを持っている人だと思った。そして、忘れ物を届けてくれた時……たぶん、大きい声を出すのが苦手なんだろうに、道の反対側にいる俺の名前を大声で呼んでくれた……あの時の、きみの恥ずかしそうで、でも嬉しそうな顔に、俺はもう、瞬間的にやられたんだと思う」

だとすると、最初の出会いから……？

「その後も、店に通い続けて一本ずつ花を買う、どう考えてもおかしな男に、きみが優しく接してくれるたびに、これは恋だと確信が深まって……きみの夢を続けて見るようになって、もう黙っていられなくなった」

佐那の頬も熱くなる。

こうやって……言葉に出してもらえることは、嬉しいのと同時に恥ずかしい。

そして、そうやって井藤が自分を好きになってくれたことに、かなりの間気づかずにいた自分の間抜けさ加減も恥ずかしい。

ずっと、自分ではなく花に興味を持ったのだと、思っていた。

「僕……もっと早く、気づいていたかった、です」

「いや、その、気づかれて……それで引かれたらと思うとこわかったし、あれはあれで助かった。ゆっくり俺を知ってもらえたから」

井藤はそう言って……照れくさそうに微笑む。

「なんだか、中学生の恋愛のようにときめいた。でも今こうして、この部屋で、きみと二人になったのなら……中学生の恋では足りない」

語尾が低く、意味ありげになって……佐那にも、その意味は、わかった。

「僕も……です」

俯いて小さく言うと、井藤の手が佐那の頬を包んで上向かせた。

「きみの唇が、恋しかった」

目を細めてそう言うと……ゆっくりと、佐那に口づける。

井藤の唇を受け止め、その温度を感じながら、佐那も、これが恋しかったのだとわかった。

井藤の感触、井藤の唇、井藤の体温、そのすべてが。

舌が忍び入ってきて、キスが深くなる。

頭がぼうっとしてきて、膝の力が抜ける。

「……寝室に、いい？」

唇を離して井藤が囁き……ひょいと佐那を抱き上げると、大股で寝室に向かった。

ベッドに下ろされ、井藤が重なってきて、キスをしながら服を全部脱がされる。

そしてキスをしながら、井藤も器用に、自分の着ているものを全部脱ぎ去ってしまう。

佐那の反応を見ながら慎重に探っていた前回と違い、井藤は少し性急で、佐那もそれが嬉しい。

全裸の素肌を重ねる感触は、何か、泣きたいような恋しさと、それが満たされる幸福感の両方を与えてくれる。

唇からはじまって、頬、耳、首筋、鎖骨、胸、脇腹……と、井藤の指と唇がくまなく佐那の全身を辿り、佐那は次第に、くすぐったさが快感に育っていくのだと知る。

「あっ……っ」

最初に小さな声が洩れたのは、耳の後ろを唇で吸われた時だった。

「我慢しないで」

嚙み締めた唇を井藤の指で優しくくすぐられると、あとはもう、吐息に声が混じり続ける。

乳首が感じることはもう知ってしまった。

胸の上に顔を伏せて、片方を軽く歯で扱きながら、片方を指で摘まれると、違う刺激がひとつになって、腰の奥を疼《うず》かせる。

佐那はたまらなくなって両脚を擦り合わせ、まだ触れられてもいない性器が勃ち上がっていることに気づく。

このままだと……胸を弄られているだけで、どうにかなりそうだ。

「んっ……やっ……ずっと、そこっ……？」

思わずそう尋くと、井藤が胸から顔を上げた。

「いやか？　こんなにかわいくなっているのに？」

佐那が自分の胸に視線をやると……片方は濡れてふっくらと膨らみ、片方はぴんと硬く尖っている。

「やっ……っ」

普段は意識もしないような小さな乳首が、こんなふうに変わるなんて知らなかった。

「ここがかわいくて、いつまでも苛《いじ》めていたくなる」

井藤がそう言って、舌先で乳首をちょんと突いた。

「……あっ」

びりっと電流が全身に流れる。

「なんか、変に、なっちゃうから……っ」

「うん、変にしたくて、しているんだけどね」

井藤が悪戯《いたずら》っぽく笑い、もう一度両方の乳首をちゅっと吸ってから、今度はキスを真っ直ぐに下ろしていく。

なんだかベッドの中では井藤は余裕で、でもこれが、躊躇いを捨てた井藤の、大人の男としての本当の一面なのだと思う。

井藤はやがて、頼りなく勃ち上がっているものに辿り着くと——根元の周囲を舌でくるりと撫でてから、裏側をぬるりと舐《な》め上げた。

「あ……っ!」

佐那が驚いて閉じかけた膝の間に、井藤が身体を入れてくる。

「たぶん、いやじゃないと思う」

そう言って……今度は先端をすっぽりと咥《くわ》え、そのまま根元まで唇で扱き下ろした。

「あぁ……、あ、だ、めっ……っ」

手で触れられるのとはまるで違う、粘膜が粘膜を直接刺激する後ろめたいほどの快感に、佐那はのけぞる。

先端を舌でくるむように舐められ、舌先で割れ目をくすぐられ、沁み出したものを全体に塗りつけるように唇を何度も上下に動かされ……

自分でだって滅多にしない、刺激に弱い佐那の身体はたまらない。

「あ……っ……、あ、あ」

腰の奥から白熱の塊がせり上がってくるのを感じつつも、このままいってしまうわけにはいかない、と全身に力を込める。

「はな、して、だめ、だから……あ、あっ」

逃げようとする佐那の腰はしっかりと井藤の腕に抑え込まれ、根元から絞るように扱き上げられた瞬間。

「あ――っ、あ、ああ、っ……っ」

たまらず佐那は、堪えていたものを解き放っていた。

井藤の、口の中に。

後頭部にがつんと来るような刺激が脳を痺れさせ、それがゆっくりと鎮まってくると……佐那は涙目で、井藤を見た。

井藤は佐那の股間から顔を上げ、ごくりと喉が動くのが見えた。

佐那は真っ赤になった。

「あ……のんじゃ……っ」

こういうことをするのだと、頭の片隅に知識としてなかったわけではないが……恥ずかしすぎる。

しかし井藤は、濡れた唇を片端を上げてにっと笑った。

「ああ、飲んでしまった」

その笑みが、どきっとするほど悪そうで、そして艶《つや》っぽく、井藤の中にはこんな「オス」がいるのだと思い知らされる。

そして、恥ずかしいことをされればされるほど、井藤との距離が縮まって、もっと恥ずかしいことをされてもいい、というわけのわからない感情が込み上げる。

そして同時に……自分も何かしたい、という思いが。

「僕、だけっ……井藤さん、は？」

すると井藤が、身体をずり上げるようにして、佐那と間近で視線を合わせた。

「そうだな、ひとつ頼んでいいか」

なんだろう、と佐那は思わずごくりと唾を飲み込んだ。

同じことを、井藤にしろと言われたら……言われたら……頑張る。それしかない。

しかし井藤は、片頬に照れくさそうな笑みを浮かべ……

「下の名前で呼んでくれないか」

思いもかけないことを言った。

「もともと佐那だってイトウだろう？　前から思っていた、名前で呼んでほしいと」

視線が絡み、甘えるような瞳に、佐那の体温がまた上がる。

「み……みつあき、さ……ん」

名前で呼ぶ、それだけのことが、どうしてこんなに甘酸っぱく恥ずかしいのだろう。

「みつあきさん」

その語感を確かめるようにそう言うと、

「うっ」

井藤が眉を寄せた。

「参ったな……今の、すごく、キた」

「え……？」

井藤が余裕のない苦笑を浮かべ、佐那の片手を取って、自分の下半身に導く。

「あ……」

どきりとするような質感が佐那の掌に伝わった。

井藤のものが……熱を持ち、硬く反り返っている。

「これを……どうしようか？」

額と額をつけて、井藤が低く尋ねる。

「え……と」

井藤のものをおずおずと握り、これをどうすればいいのだろう、さっき井藤がしてくれたように……？　と佐那がぎこちなく手を動かそうとすると、井藤のものがびくんと手の中でさらに大きさを増した。

先端からとろりと滲むものが佐那の手を濡らす。

「……入れたい、佐那の中に」

井藤が低く呻くように言って、佐那の手から逃れるように身体を起こした。

そのまま佐那の膝を両手で胸のほうに押しつけ、佐那の恥ずかしいところが井藤の目の前にさらされる。

羞恥を感じる間もなく、井藤が奥の窄まりに唇を近寄せた。

「あ……っ、っ」

舌が襞を舐め、蕩《とろ》かし、ほぐしていく。

唾液を塗り込め、そして中に送り込もうとする。

それがすべて……馴らすというよりは、佐那を感じさせようとしているようだ。

佐那はもう知っている、そこが蕩けてやわらかくなり、指を受け入れられることを。

内壁をぐるりと撫でるように押し広げられ、浅いところで抜き差しされると、中が疼いて全身が熱くなる。

抜け出ようとする指を追いかけるように、腰が動いてしまう。

「あぁ……！」

井藤の指先が一点を探り当てると、腰から脳髄まで突き抜けるような快感に佐那はのけぞった。

だめ、だ、そこを触られると……わけがわからなくなる。おかしくなる。

「ああ、あ、やっ……っん、んっ……あ――ぁっ」

快感の逃がしどころがわからずに頭を左右に振る。

と、じゅくっと音を立てて、指が抜かれた。

「あ……っ」

瞬きをすると、滲んでいた視界がクリアになり、井藤がそこに、猛《たけ》ったものを押し当てるのが見える。

「……佐那」

低く、佐那を呼んで……

ずずっと、井藤が入ってきた。

やわらかく蕩けた場所は、それでもわずかに抵抗しながら、井藤を飲み込んでいく。

息を吐く。力を抜く。佐那の頭ではなく身体が、それを覚えている。

「……あぁ……っ」

自分の中がみっちりと井藤に満たされるのがわかる。

井藤の熱、井藤のかたち。

「佐那、大丈夫か?」

井藤が身体を倒し、佐那の腰の後ろに片腕を回して抱き締めた。

胸と胸がぴったりと重なり、身体が隅々まで井藤の感触に満たされる。

「み、つあきさ……っ」

佐那は井藤の頬に手を当てた。

男らしくて、素敵で、かわいくて、いとおしくて、悪そうで、優しそうで、井藤のすべてがここにある、と佐那は思う。

「みつあきさ……好き……っ」

言葉がこぼれたが、足りない、この言葉では何かが足りない。

すると井藤が目を細めた。

「……愛している、佐那」

愛している。

その言葉が、佐那の全身を走り、身体が震えた。

愛している、そうだ、この気持ちは、それだ……！

「あいして、っ……っ」

語尾は、井藤の唇の中に溶けて消えた。

井藤が、ゆっくりと動きはじめる。佐那の中を熱の塊が押し広げ、擦り、奥へ奥へと侵入してくる。

様子を見るように抜き差ししていた井藤は、やがて緩急をつけて佐那を揺すりはじめた。

すべての動きが刺激になる。

井藤の息も荒くなり、重なった肌が汗で辷り、それが全部快感に繋がる。

しがみついた肩の筋肉が掌の下で張り詰め、うねる。

そうやって……触れ合ったすべてのところから、ひとつに溶け合って、高まっていく幸福感に、佐那はもう何も考えられなくなる。

ただ、腰の奥から放出を求めているものだけが生々しく、佐那をあおり立てる。

「佐那……？　いく？」

腹の間で擦れていた佐那のものを、井藤の手が探り当てて握った。

腰の動きに合わせるように数度扱かれただけで、波が来た。

「も……もっ、あ、ぃくっ……っ……っ」

瞼《まぶた》の裏で光がはじける。

のけぞる身体をきつく抱き締めながら、井藤もまた、佐那の中で痙攣し、その熱を注ぎ込んでいた。


「佐那？」

瞼に軽く口づけられて、佐那は重い瞼を押し開けた。

井藤の、細めた優しい目が、間近にある。

「大丈夫か？」

「だ……じょ、ぶ」

言いながら、佐那は自分の声が掠れていることに気づいた。

身体は重怠く、しかし全身を気怠い幸福感が包んでいる。

「シャワーに行くか？　それともこのまま眠る？」

たぶん、シャワーを浴びたほうがいいのだろう。だが瞼が重くて、幸福感が温かな羽布団のように自分を包んでいて、ここから出たくない。

「……ね、むぃ……」

ふふっと井藤が笑ったのがわかった。

「じゃあ少し眠ろう」

井藤が佐那に身体を寄り添わせた。

だが佐那には何か、しなくてはならないようなことが、あったような気がする。

家を出て、井藤に会って、そうしたら……

頭の隅に引っかかっていたものが、なんとかかたちになる。

「アパート……水……」

「ああ」

井藤が佐那の頭を自分の胸に抱き寄せる。

「大丈夫だ、明日の朝行こう、わかってるから」

あやすような穏やかな声に、佐那は安心し……井藤の体温に包まれて、優しく深い眠りの中にゆっくりと落ちていった。


もうちょっとだ。

あの角を曲がれば、線路に向かって行き止まる、妙に広い道に入る。

緩い上り坂になっているその道の行き止まりに……

「あ……！」

助手席で、身を乗り出すようにしていた佐那は、視線の先にあるものに、思わず声を上げた。

佐那が裏から逃げ出したあの日と同じ場所に、同じように、あのアパートは建っている。

古ぼけた、年代物の建物。

しかし、その周辺が不思議と華やかで明るい。

アパートの前に停まると、佐那はシートベルトをはずすのももどかしく、車から飛び出した。

「すごい……！」

佐那が植えた花々は、枯れることなく、見事に咲き誇っていた。

誰かが水をやっていてくれたのだ。

余計な葉をむしったりしていないから、すべてがわさわさと好き放題に茂っているが、それがまた野性的な趣でもある。

線路沿いにはコキアを一列に植えてあったのだが、それも両手で抱えるほどのまるまるとした緑の球体となり、隣とくっつき合うほどで、見事な眺めだ。

「大丈夫だっただろう？」

井藤が追いついてきて、楽しそうに言った。

「ヨシコさんが水をやってくれていた。佐那が残してあった植物の栄養剤のようなものも、友永くんが適当にぶちまけていたようだが、悪影響はなかったんじゃないかな」

もちろんだ。

どの草も花も、元気がよすぎるほどだ。

よかった……！

実家に連れ戻されて、家から出られなくて、佐那がずっと気になっていたのはこの花々だった。枯れていたらどうしよう、と。

でも、大丈夫だった。

「あ！　佐那くんだ！」

矢部の部屋のドアが開いて、拓也が飛び出してきた。

「佐那くん、帰ってきた！　ママ！」

拓也の声に、身支度中だったらしい矢部が転がるように玄関から出てくる。

ヨシコさんの部屋のドアも開き、出勤前の友永も二階の廊下に出てくる。

「おー。お帰りー！　過保護の兄ちゃん、やっつけてきた？」

佐那の脱出があんな具合だったので、井藤もある程度の説明は必要と考えたらしく、住人たちには「半家出状態だった佐那を、過保護の兄が心配して連れ戻した」と話してくれてあったらしい。

「はい、解決しました、いろいろありがとうございました」

友永に答えていると、矢部が駆け寄ってきて、佐那の前に封筒を差し出した。

「佐那くん、これ！　本当にありがとう、助かりました！　とにかくこれを返さなくちゃと思ってて」

中を見るまでもなく、矢部に貸した金だとわかる。

「これ……大丈夫なんですか？」

「あれからすぐ、お客さんがきれいに払ってくれたの。佐那くんのお金だったって知って、本当に申し訳なくて」

井藤に借りたのだと思っていて井藤に返そうとしたのを、「あれは実は」と、やはり井藤が説明してくれていたらしい。

「いいえ、矢部さんが被らずに済んだなら、よかったです」

「もうね、あんな綱渡りしなくちゃいけない店は、ちょっと考えることにした」

「うん、そういう事情を聞いてね」

微笑みながら佐那と矢部を見ていた井藤が、穏やかに口を挟む。

「昼間の、託児所付きの正社員の仕事に心当たりがあってね、よかったら紹介しようかと」

「本当に？」

矢部と佐那が同時に言って井藤を見ると、井藤は頷く。

「結婚前の矢部さんは、ＯＬさんで経理事務の経験があったと聞いてね。それなら履歴書を欲しいというところがあったから。ただ、小さい会社だし、もちろん面接もあるが」

「それはもう！　子ども抱えて、ブランクもあるから、昼間の正社員なんて無理だと思ってたから……面接でも筆記試験でも、頑張ります！」

矢部はそう言って、足下にまとわりついていた拓也を抱き上げた。

「たくー、ママ、昼間のお仕事だけになるかもしれない！」

「えー、ほんとに？　ママ、夜、うちにいるの⁉」

拓也を抱き締めている矢部から、佐那は井藤に視線を戻した。

「井藤さん……僕がお礼を言うのも変かもしれませんけど……ありがとうございます、嬉しいです」

「いや、俺もここのオーナーとして、店子《たなこ》の役に立てるならと思ってね」

井藤が照れたように笑った。

その時、「おはようございます」と敷地の外から声がした。

小さな子ども連れの母親が二人、行き止まりの道路に立っている。

「ちょっと、コキア、見てもいいですか？」

「あ、どうぞどうぞ」

佐那が言うと、子どもたちが敷地の中に走り込み、母親たちが慌てて追いかける。

「お花踏まないのよ！　触っちゃダメだからね！」

「なんだかねえ」

いつの間にか近くに来ていたヨシコさんが言った。

「最近、ああやって結構人が来るのよ。前は、荒れ果てて近寄りたくないって感じだったんだけど、佐那くんがきれいにしてから、なんだか人が集まってくるの」

「公園みたいだものね」

矢部が頷く。

最初に佐那がこのアパートを見た時、佐那は平たいフラワーベースだと感じた。

アパートを古い切り株のようなオブジェに見立て、その周辺を花で囲もう、と。

多少ワイルドではあるが、そのイメージにかなり近づきつつあって、そうなるとアパートの建物すら趣が感じられて、いい雰囲気だ。

美観が悪いと近所から苦情が来ていたのが嘘のようだと思う。

「だったら、ベンチがあるといいかもしれません、こっちの、道路に面した一角を芝生にして、お子さん連れで遊びに来てもらえるようにして……裏のコキアのほうに、石を敷いて小道を作って」

思わず佐那が声を弾ませると、矢部とヨシコさんが手を叩く。

「いいわ、それすごくいい！　なんか、地域の憩いの場みたいな？」

「佐那」

井藤が苦笑して、佐那の肩に手を置いた。

「もちろん好きにしていいが……わかってるな」

「あ……はい」

佐那は思わず口もとに手を当てた。

そう、佐那はここの管理人を続けたい。

だが、本格的に今年の受験を目指し、そして来年からは大学に通うとなると、ここで住み込みのフルタイムというわけにはいかない。

そこで井藤が、基本的な管理は管理会社に任せることにしたのだ。

だが庭周りは、実験場というかアトリエ的に、佐那に任せる。

話し合った結果、そういうことに落ち着いたのだ。

もちろんそれには井藤としては「アパートではなく、俺のマンションに住み込んでほしい」というのが一番大きい希望であり、佐那にも異存はもちろん、ない。

敷地全体にどう手を加えようかと見渡す佐那の隣に井藤が立って、そっと佐那の肩に腕を回して抱き寄せる。

佐那は井藤を見上げた。

このアパートは、何も隠す必要のない、なんの後ろめたさもない、井藤のと明るい日々の象徴のように思える。

美しい場所を造っていきたい。

井藤も佐那と視線を合わせ、その瞳に佐那と同じ想いを浮かべたのがわかり……

二人はそっと、微笑み合った。

あとがき

このたびは「プロポーズは花束を持って～きみだけのフラワーベース～」をお手に取っていただき、ありがとうございます。

今回のお話は、ちょっと普段と違う攻めを書いてみたいなあ、というところからはじまりました。

頭もよく容姿もよく地位もありながら、不器用で挙動不審系の攻め。

受けの佐那も不器用系ですので、そういう不器用な二人が一歩一歩近づいていく雰囲気をお楽しみいただければ幸いです。

そして隠れテーマは「ＤＩＹ」です（笑）。

古い家のリフォームを目にする機会があり、雨漏り対策のベランダの防水工事とか、ぼろぼろの襖や障子を張り替えたりとか、自分でやる気はないというかやれる気がしないのですが、見ているぶんには大変面白かったのです。

その流れでホームセンターに行ったら、まあ庭造り関係の充実もすごい。

というわけでそんなあれこれをこっそり楽しみつつ書きました。


担当様には今回も大変お世話になりました。

ＤＩＹの部分が面白かったです、と言っていただき嬉しかったです。

というか……ちゃんとばれるんですね……どこを楽しんで書いたか……（笑）。

今後ともよろしくお願いいたします。

そしてイラストはみずかねりょう先生です！

みずかね先生に描いていただくのならスーツの似合う攻め……と勝手に思い込んでおりますが、本当に素敵に描いていただき、ありがとうございました！

最後に、この本をお手にとってくださったすべての方に御礼申し上げます。

また次の本でお目にかかれますように。

夢乃咲実

夢乃咲実先生、みずかねりょう先生へのお便り、
本作品に関するご意見、ご感想などは
〒101-8405
東京都千代田区神田三崎町2-18-11
二見書房　シャレード文庫
「プロポーズは花束を持って～きみだけのフラワーベース～」係まで。

本作品は書き下ろしです

CHARADE BUNKO

プロポーズは花束《はなたば》を持《も》って～きみだけのフラワーベース～

【著者】夢乃咲実《ゆめのさくみ》

【発行所】株式会社二見書房
東京都千代田区神田三崎町2-18-11
電話　03(3515)2311[営業]
　　　03(3515)2314[編集]
振替　00170-4-2639
【印刷】株式会社 堀内印刷所
【製本】株式会社 村上製本所

落丁・乱丁本はお取り替えいたします。
定価は、カバーに表示してあります。

ISBN978-4-576-20008-8

https://charade.futami.co.jp/